W I N G S • N O V E L

椅子職人ヴィクトール＆杏の怪奇録②

カンパネルラの恋路の果てに

糸森 環
Tamaki ITOMORI

新書館ウィングス文庫

S H I N S H O K A N

カンパネルラの恋路の果てに

椅子職人ヴィクトール&杏の怪奇録②　目次

カンパネルラの恋路の果てに……7
彼と彼女のおいしい時間……263
あとがき……318

椅子職人ヴィクトール＆杏の怪奇録
登場人物紹介
小椋健司《おぐら・けんじ》
椅子工房「柘倉《つくら》」及び「TSUKURA」の工房長。霊感体質。
高田 杏《たかだ・あん》
椅子工房「柘倉《つくら》」及び「TSUKURA」の両店舗でバイトをする高校生。霊感体質。
島野雪路《しまの・ゆきじ》
椅子工房「柘倉《つくら》」及び「TSUKURA」の職人見習い。杏とは高校の同級生。霊感体質。

室井武史《むろい・たけし》
椅子工房「柘倉《つくら》」及び「TSUKURA」の職人で、工房長の弟子。霊感体質。
ヴィクトール・類・エルウッド《ゔぃくとーる・るい・えるうっど》
椅子工房「柘倉《つくら》」及び「TSUKURA」のオーナー兼職人。霊感がない。

イラストレーション◆冬臣

カンパネルラの恋路の果てに

1

夏の熱気に包まれた七月半《なか》ば、日曜日の正午。

ちょっと外を歩くだけでも汗ばむような暑さの日——。

ほどよく空調の効《き》いた椅子店「TSUKURA」内で、高田杏《たかだあん》は、とある木製のアンティークチェアをしげしげと見つめていた。

店で取り扱《あつか》っているのはどちらかと言えば華《はな》やかな形のアンティークチェアが多いが、この椅子の作りは極めてシンプルだ。特色を出しやすい背もたれ部分にも大げさな装飾はなく、左右の背柱《はいちゅう》の先端に丸みがあるという程度。背貫《せぬき》は横に五本。また、脚もすとんと直線だ。ハイバックのチェアということもあって、なおさらすらりとして見える。たとえるなら背筋の伸びたスタイルのいい女性。そんな雰囲気《ふんいき》を持っている。

使用されている木材は、赤みを帯びた明るい色合いからしておそらくチェリー……いや、経年変化で色味が濃くなったメープルかも。

杏が工房でバイトを始めてからまだ二ヵ月ほどしか経《た》っていないのだ、職人たちのように木材の種類を正しく見分けられるわけがない。

座面は小麦色のラッシュシート——い草を編んだものだ。こちらは深みのある色合いの木材部分と比べると少々浮いて見える。きっと最近張り替えたのだろう。

いかにも実用一辺倒というような無駄のないフォルムでありながら、不思議と洗練された優美な印象も与える。一本筋の通った清潔な美しさと言ってもいい。

杏は、いい椅子だと素直に称賛した。シンプルな作りなので他の家具と喧嘩《けんか》することもない。どんな部屋とでも合うだろう。それでいて安っぽさを感じさせない。

ひと目で心奪われるというほどの圧倒的な存在感はないが、使ううちにじわじわとよさがわかるタイプの椅子だ。

杏がこの椅子に興味を持ったのは、座面に「SOLD」の赤いカードが置かれていたためである。「TSUKURA」では、予約段階でも、代金支払い済みの場合でも、ひとまずこのカードを置く。どちらの状態かは予約表をチェックすれば判断できる。

(にしても、誰がこの椅子をお客様に売ったのかな。私が接客した記憶はないし)

七月上旬に期末考査があったため、杏はそのあいだバイトを休ませてもらっていた。高校生らしくテスト勉強に集中し、そうして久しぶりに店に戻ってきたわけだが、このチェアはどうやら杏が不在の期間に買い手がついたようだ。

杏は知らず微笑《ほほえ》んだ。

(皆、ちゃんとお店を開けてたんだ。苦手な接客もがんばったんだなあ)

工房お抱《かか》えの職人たちは誰もかれもが個性的だ。オーナーは極度の人嫌いだし、職人たちは揃《そろ》いも揃って悪人顔のため、来店した客をやたらと怯《おび》えさせてしまう。そこで客を怖がらせないよう店番担当の人間を雇うことにしたが、皆、最初はやる気に満ちているのにいくらも経たずしてなにかにびくびくし始めるのだとか。その後はどれほど引き止めても聞く耳を持たず、逃げるように辞めてしまったという。

決して店で違法商売をしているわけではない。商品自体に問題があるわけでもない。ならなぜ皆辞めていくのかというと――この椅子店、出る。

とにかく出る。

つまり、幽霊の類《たぐ》いが。

おまけに職人全員が霊感体質の持ち主だ。オーナーだけは霊感など持っていないと言い張っているが、本当は時々見えているに違いないと杏は踏んでいる。

そもそも杏がバイトをするようになったのだって、初夏にこの店で起きた幽霊騒動がきっかけだ。

これを運命の悪戯《いたずら》と言っていいのか迷うところだが、嬉しくないことに杏自身もしっかりと霊感体質の持ち主である。なりゆきで店内に出現した幽霊を追い払ったことから、オーナーや職人たちに除霊効果ありのお守りとして重宝されるようになった。そんな経緯《けいい》で今日に至《いた》る。

（本来の接客仕事のほうも、働き始めの頃よりは認められているんじゃないかと信じたい……）

顔こそ恐ろしげだが職人たちは皆、杏に対して優しく親切だ。

店番中の杏がなにか困っていないかと、昼休憩《ひるきゅうけい》の時などに交替で様子をうかがいにきてくれる——のだが。

おかしなことに、今日は一度も店のほうにやってこない。

（変）

店とは別に、車で二分のところに椅子製作の工房がある。職人たちは普段そちらにこもって作業を行っている。

そういえば今日の彼は、オーナーもだ。店の鍵《かぎ》を持ってきた際、ひどくそわそわして落ち着かない様子だった気がする。シャッターを開けたらすぐに工房へ戻っていったし。

ちなみにこの店は、扱うチェアの種類によって出入り口とフロアをわけている。

アンティークチェアを販売する側は「TSUKURA」、オリジナルチェアを扱う側は「柘倉《つくら》」。どちらも〝ツクラ〟と読む。

杏の仕事は二つのフロアでの接客である。フロアの構造はほぼ同一で、内部ドアでも行き来可能だ。杏が今いるのは、アンティークチェア側のフロアとなる。

（バイトを休んでいる間のお店の状況とか、詳しく聞きたかったんだけれどな）

そのあたりの細かな問題は、のちほど業務日誌で確認すればいいことではあるものの、なんとなく腑《ふ》に落ちない気分になる。妙に秘密めいた気配を彼らから感じるというか。

小さな違和感に首を捻《ひね》りつつ杏はフロア奥にあるカウンターへ入り、予約表に目を通した。

「……ん」

杏は、予約表の内容をまじまじと見つめた。

そこには先ほどのシンプルなアンティークチェアの購入を希望する顧客についての情報が記入されていたのだが、やっぱりおかしい。

基本的に、代金未払いの「商品取り置き期間」は一週間。その期間をすぎると予約は取り消しになる。また、同じ客からの取り置き期間の延長希望は受け付けていない。代金支払い済みの場合は店内で二ヵ月間保管が可能だ。その期間を超えても客が引き取りに現れない場合は代金返却手続きを行う。

くだんのチェアは、代金未払いの状態で予約が入っている。

(今日で九日目……?)

取り置き期間がすぎているのに「SOLD」のカードが下げられていない。

もしかしてお得意様の予約だから特別に期間延長を認めているのだろうか。

しかしそれならなにか一言くらい、書き置きがあるはずだ。

予約客の名前を確認すると「日下部《くさかべ》晶《あきら》」と記されている。名前の下に電話番号もあった。

やけに丁寧なこの筆跡は、職人の一人である室井武史《むろいたけし》のもので間違いないだろう。

杏は次に業務日誌を確認した。

「うーん」

違和感がさらに増す。

現在は杏一人で店番をしている。職人たちは皆、接客が苦手だ。そこには「強面《こわもて》すぎるため」というやるせない事情が横たわっているわけだが、彼らが霊感体質の持ち主で、なおかつかなりの怖がりであることも理由のひとつになっていると杏は思う。

だから彼らは店番をしたがらない。とくに一人きりで長時間「TSUKURA」のフロアにいることを嫌がる。

百年以上を生きてきた古い家具はどうやら霊的なものを呼び込みやすいようで、頻繁《ひんぱん》にポルターガイストを起こしてくれる。実際、杏も店内で何度か霊を目撃している。

もちろんアンティークチェアだけがポルターガイストを引き起こす原因になっているわけじゃない。それとは無関係に発生することだってある。が、やはり古い家具が多く集まる「TSUKURA」の周辺は他の場所よりもポルターガイストが起こりやすいらしい。

工房のほうでもたまに発生するようだが、作業に集中している間はあまり気にならないのだとか。それに大抵は自分以外の職人も工房で仕事をしているので、安心感もある。一人になる時間が多い店のほうが、怖さは上なのだという。

杏にだって恐怖心くらいあるけれど、大人の彼らから頼られるのはなんだかんだで嬉しいことだ。そのため「どうにか解決してあげたい」という気持ちのほうに引っぱられてしまう。

今のところバイトを辞める気はないし、一人で店番をすることにも不満はない。

むしろ他の新しいバイトを雇っても、長続きするかどうか。

そういうわけで、杏がバイトを休む日は誰も接客をやりたがらない。最近は店自体をクローズすることが多いようだ。

ただ、平日よりも来店客数が多い土日はさすがにオープンするという。

椅子の購入予約をした日下部はちょうどそのタイミングで来店している。杏が抱《いだ》いた違和感は、予約が入った日以降、業務日誌に一度も書き込みがないことである。

(予約を受けた日から一度もお店を開けていないってことなの？)

まあ、怖がりな職人たちの体質の問題もあるし、そもそもがオーナーからしてなかなかの変人だ。ずっとクローズの状態であっても、そこまで不審に思う必要はないのだろうが……。

でも、杏の直感は「なにかある」と訴《うった》えかけている。

(ちょっとだけ工房の様子を見に行こうかな)

店から工房までは徒歩だと十五分前後か。電話のやりとりだけでは胸にわいた違和感についてうまく伝えられる気がしない。やはり職人たちの顔を見て直接話をしたい。

椅子に関するトラブルが起きているのなら杏は役に立てそうもないが、もしもそこになにか霊的な事情が絡んでいるのであれば、少しは相談にも乗れる。

（ついでに、取り置き期間の延長の謎《なぞ》についても尋ねようかな）

杏はそう決めると、レジカウンターの鍵をしめ、手早く日誌を片付けて店を出た。二箇所ある出入り口の扉もしっかり施錠《せじょう》しておく。

鍵をポケットに入れてから、店の制服であるシックな黒いワンピースの襟《えり》を直し、視線を上げる。

「TSUKURA」の店は、どっしりとしたモダンな黒い屋根の赤煉瓦《あかれんが》倉庫を利用している。海外貿易が盛《さか》んだった時代に設《もう》けられた倉庫を再利用しているのだ。

店の左右に立ち並ぶのは銀杏《いちょう》の木で、枝にたっぷりと垂《た》れ下《さ》がる葉が夏の日差しを浴びて魚の鱗《うろこ》のようにちらちらと白く輝いている。コンクリートも周囲の建物も、日を反射して全体的に淡く光っているから、どうにもまばゆくてしかたがない。

夏は、どの四季よりも町が明るく感じられる。きらきらした季節だと杏は思う。空も高く、クリアで、目に映る景色の隅々にまで熱気を孕《はら》んだ夏の匂いが満ちている気がする。時折首筋を撫《な》でる風は乾いていて、汗ばんだ肌に快い。

でも帽子をかぶってくるべきだったかな、と日差しの強さに杏が少し後悔し始めた頃、工房が見えてきた。姿の見えない蟬《せみ》が合唱し、それが杏の身に雨のように降り注ぐ。より暑さを意識させる鳴き声だ。

工房は一階建て。傾斜《けいしゃ》のゆるやかな三角屋根を載せたプレハブの建物で、引き戸式の出入り口は木材や機械の運搬《うんぱん》を考慮《こうりょ》してか大きく設計されている。今はその戸が半分ほど開放されている。

建物の横にはシンプルな構造の小屋があり、収納し切れなかった材木がそのそばでブルーシートをかけられて山を作っている。

杏は駐車スペースにあるSUVに目をとめて、額の汗を軽く拭《ぬぐ》った。

プレハブに近づくと、中から複数の声が聞こえてくる。

職人たちの声で間違いないと思うが、皆、やけに楽しそうだ。

「失礼しまーす……」

声をかけながら、プレハブの中を覗き込む。

内部は広々としているが、壁に立てかけられている木材の大きさやその数にまず圧倒されてしまう。杏の身長よりも長さのある板が無造作に重ねられているのだ。板の種類も列ごとに異なる。その他、反対側の壁に設けられた大棚《おおだな》にも木ぎれがめいっぱい詰め込まれている。

部屋の中央には、切りかけの木材が置かれた大きな三台の作業テーブル。その横には大型の木工機械。よく使い込まれている手押しカンナなどだ。

奥のスペースには、なぜか木製の帆船《はんせん》が鎮座《ちんざ》している。それも、軽トラックと匹敵するほど大きい。

杏はじっとそちらを見つめた。職人全員——といってもわずか三人だが——と、オーナーの姿がある。本日の彼は、水色の半袖《はんそで》シャツに黒エプロンを着用している。高い位置にある窓から日が差し込み、彼の淡い金色の髪をやわらかく輝かせている。

杏はつかの間、彼の顔に見惚《みと》れた。

(恰好《かっこう》いいなあ)

見た目だけは文句なしに美しいこの男が「TSUKURA」のオーナーだ。年は二十代半ば、容姿は完璧《かんぺき》に外国人だが、残念ながら日本語しか話せない。性格は……暗い。非社交的である。理由がなくても死にたがるし、あってもとにかく死にたがる。さらには、人類が嫌い。その代わり、一途に椅子を愛している。そういうわけのわからない謎めいた人だった。

その彼——ヴィクトール・類《るい》・エルウッドに見惚れていた自分を諌《いさ》めるため、杏は両手で軽く自分の頬を叩いた。ふっと息を吐き出して、ざわめく心を落ち着かせたのち、ヴィクトールたちのいるほうへ足を向ける。

よほどおしゃべりに熱中しているのか、彼らは杏がそばまで来てもまったく気づかない。

なんの話題で盛り上がっているんだろうか?

少しの好奇心とともに呼びかけようとして、杏はふと目を瞬《しばたた》かせる。

彼らは、がらくた同然の古い椅子を囲んではしゃいでいた。皆、目をきらきらさせている。

(これってどういう椅子……?)

杏は彼らの興奮した様子に戸惑《とまど》いつつも、その椅子を冷静に観察した。

しかし見れば見るほど評価に困る不可思議な椅子だった。これは、店に展示しているような
アンティークチェア、あるいはヴィンテージ品と同列に考えていいものなのか。ひどく迷う。

全体の形は、どちらかと言えばベンチに近い。いや、長椅子と言うべきか。

飾り気のない長方形の木製の背もたれ。肘掛《ひじか》け部分もごく普通。座面にはブルーの天鵞絨《びろうど》生地のクッションが張り付けられているが、褪色《たいしょく》が激しい上、布地も劣化《れっか》して破れている。中から変色した綿や藁《わら》も飛び出している。おまけに脚は壊れているし、背もたれ部分の傷もくっきりと目立つ。

(なんだろこの雰囲気……、昔の喫茶店に置かれていそうな椅子というか)

しばらく首を捻り、あぁあれに似ているんだ、と思いつく。

「明治とか大正時代の鉄道にありそうな……」

一般的なベンチや椅子とは微妙に異なる、シンプルな構造だ。背もたれも座面部分も直線的で飾り気がなく、なんだかのっぺりしている。そう一人納得してつぶやく杏を、ヴィクトールが驚きの表情を浮かべてぱっと振り向いた。手に持っていたノギス――厚さなどを測ることができる定規を放り出し、飛びつくような勢いで杏の両腕を掴む。

ノギスの落下音にびくっとしたのは一瞬で、額がぶつかりそうな位置まで詰め寄ってきたヴィクトールのほうに、すぐさま意識が向かう。

「そうなんだよ！　鉄道の椅子だ！」

ヴィクトールは杏の腕を軽く揺さぶって答えた。周囲に星のかけらをまき散らすかのようなそのまばゆい笑顔を至近距離で見てしまい、杏は目がちかちかした。

「やっぱり高田杏はいい視点を持っているよね。好きだよ！」

「!?　……!?」

彼の衝撃的な発言に心臓をぶっ叩かれ、杏は呼吸を忘れた。

好き!?

「大正時代で合ってる！　すぐにそれがわかるということは、君もすごく、好きなんだろ？」

ヴィクトールの視線が一度、がらくた同然の椅子へと向かった。杏はそれを見て、ごくっと息を呑《の》んだ。

——好きって、この椅子のこと!?

「まっ、紛《まぎ》らわし……っ」

「あぁ板張りだけを見るなら確かに紛らわしいよね。でも座面にモケットが張られているだろ。それで明治か大正か、難なく時代を特定できるじゃないか」

「違っ、そういう意味じゃなくて……！」

そもそもモケットってなんだっけ!?

ヴィクトールとの近すぎる距離と、この輝く笑顔のせいで、頭が正常に働いてくれない。

ええとモケット！　座面に張る毛織物のこと！

「明治初期の鉄道の座席はね、単なる板張りの状態に等しかった。座席が改良されてモケットが張られるようになったのは大正からなんだ」

いつもより明るい声で言うと、ヴィクトールは喜びを隠し切れない様子で杏の腰に腕を回し、身体を一度ぐっと持ち上げた。

（……えー!!　えええーっ⁉）

杏は心の中で絶叫した。勢いに押され、されるがままの状態だ。

すぐにとんと床におろされたが、なに、今の⁉

ヴィクトールの異様なはしゃぎっぷりも、なに⁉

というよりこの人は鉄道の椅子にまで詳しいの？

「すごいだろう、この椅子……！　こんなのそうそう市場には出回らないよ！」

「な、待っ」

ヴィクトールは、弾《はず》むような動作で混乱中の杏の後ろに立ち、ぽんっと肩に両手を置いた。

杏は飛び上がりそうになった。

「高田杏が推測した通り、これは大正時代の鉄道で利用されていたボックスシートだ。板張りの部分に多数の割れや傷が見られるけれど、全体の艶《つや》はまだ失われていない。脚部分も修理すれば、ちゃんとがたつかずに立たせられる」

ヴィクトールが椅子愛にあふれる蕩《とろ》け切《き》った声で話すたび、息が耳にかかる。それがひどくくすぐったい。

杏は両手で耳を押さえたくなった。

なんでこういう時に限って髪をアップにしてきたんだろう！　首まで赤くなっているのがバレてしまう！

（もうやだこの人、少しは距離感を考えてよ！）

恥ずかしくてたまらなかったが、他の職人たちも、ごちそうを前にした子どものような輝いた顔でそのボックスシートとやらを一心に見つめている。職人たちも、椅子マニアのヴィクトールと同類の人間なのだ。

誰も杏の態度がおかしいことに気づいていない。

杏は脱力しそうになった。ヴィクトールの近すぎる距離を意識している自分が、途轍《とてつ》もなく馬鹿みたいに思える。

「俺は神に感謝する。すごく幸運だよ、この時代のボックスシートを手に入れられるなんて。普通なら博物館行きになるようなレアな椅子なんだ」

ヴィクトールは杏の背中に張り付いて喜びに悶《もだ》えている。

（お願いだから私にしがみつかないで……）

廃品一歩手前の壊れかけのボックスシートの入手が神に感謝するレベルなのか。わけがわからなすぎて、ちょっと腹が立ってきた。

「いつまでも眺めていられる……。早く修理したいけれど、このままの状態で保存しておきたい気もする……」

杏の乱れた心になど気づきもしないのだろう、ヴィクトールが幸せそうに悩める声を漏らす。杏はだんだん無の境地になってきた。

「でもヴィクトール、修理しなきゃいつまでたっても船に載せらんないだろ」

目の前のごちそうを食べたい、というようなうっとりした表情をしながら職人の一人である島野雪路《しまのゆきじ》が言った。彼は杏と同い年で、この工房で一番若い。顔の造作も性格も決して悪くないのに、目つきの鋭さが彼を冷酷《れいこく》な人間に見せてしまう。

「ヴィクトールさんが葛藤《かっとう》されるのもわかりますよ。修理前の、ありのままの姿というのもまたおつですよね。壊れゆくものの美学といいますか」

そう共感の声を上げたのは室井武史という名の職人だ。顔はインテリヤクザのように凶悪で、懐に拳銃《けんじゅう》か刃物でも隠し持っていそうな危険な雰囲気を醸《かも》し出《だ》しているが、実際はその逆。極めて温厚かつ紳士。ロマンチストな面もあり、とても繊細《せんさい》な椅子を作る。あと、年上の奥さんを溺愛《できあい》しているのだとか。

「愛《め》で続《つづ》けてぇっつう気持ちはわかるけれどよ、もういいだろ。そろそろ修理しようぜ。座面の張り替えは俺がやる。こんな楽しい作業、張り屋に依頼なんか出せるわけねぇよ……」

椅子から目を離さずにうずうずとした調子で言ったのは工房長の小椋健司《おぐらけんじ》だ。工房では彼が最年長。一見、凶暴な熊男だが、読書家で心優しい職人である。

杏は据《す》わった目をして、夢見る乙女《おとめ》のように頬を赤らめている彼らを順番に眺め回した。

（……そういうことか。状況が読めた気がする）

最後に、人の背中にくっついているヴィクトールを振り向き、杏は低い声を発した。

「お話はよくわかりました。とても貴重な椅子ってことなんですね」

「ああ！」

「――それで皆さん、この椅子に夢中になるあまり、九日前からお店もろくに開いていない？」

「当たり前だろ。年代物の鉄道の椅子を前にして、他のものなんか目に入るわけが――」

力強く答える途中、ヴィクトールがなにかに気づいた様子で身を強張《こわば》らせ、不自然に口を噤《つぐ》む。

職人たちもふと我に返った顔になり、ぎょっと杏を見やる。今頃杏の存在に気づいたというような態度だ。

「杏？ ど、どうしてこっちに？ 店は？」

雪路が目を泳がせて尋ねる。

「……ごめんなさい。店番をさぼるつもりはなかったんだけれど、予約の入っている椅子が一週間以上経ってもそのままになっているし、業務日誌にも書き込みがないし連絡のメモもないし、ヴィクトールさんは開店時から様子が変だったし、それでなにがあったのか気になっちゃって。もしかしたら私がバイトを休んでいる間に、お店で恐ろしい心霊現象でも起きていたのかもしれないと心配にもなって。それでこっちに来てみたんです」

杏はこの説明を淡々と、一度もつかえることなく早口で言い切った。

職人たちが気圧《けお》された様子ですうっと身を引く。ヴィクトールも、そろりと慎重な仕草で杏から離れた。

「ところで皆さん、注文を受けたオリジナルチェアの製作は、順調に進んでいますか？　まさかと思うけれど、何日もただうっとりとこの椅子を眺め続けていたとか」

全員、ひゅっと息を呑み、その場にぎこちなく座り込んだ。

唯一《ゆいいつ》、ヴィクトールだけが俯《うつむ》かずに杏と向き合う。

「高田杏、勘違いしないでくれ。俺は他人のために椅子を作っているんじゃない。俺は、俺のために椅子を作り、欲求を満たしている」

そしてこんなふうに、強気な態度で言い返してきた。

職人たちは「勇気があるな……、さすがだ」と尊敬する目で一度彼を見つめたが、無表情の杏に気づいてすぐに顔を伏せた。雪路などは自主的に正座した。

「だいいち鉄道が嫌いな男なんてこの世にいるのか？　いるわけがないだろ。それに、鉄道を愛する者たちの情熱とたゆまぬ努力のおかげで全世界の交通事情は格段によくなったんだ。鉄

道は、ロマンだ」

「ロマン」

「だからこのボックスシートにも見果てぬロマンが詰まっている。少しくらい眺め続けていてもいいだろう。高田杏に叱《しか》られる謂《いわ》れはない」

「いいえ、詰まっているのはオリジナルチェアの製作スケジュールです。お客様がお待ちです」

「……」

劣勢《れっせい》を悟ったようだが、ヴィクトールは怯《ひる》まなかった。

「仕事のモチベーションを保つためにも多少の休息は必要じゃないか」

言い負かされてしまった。それは、その通りかも。杏だって、学生なんだから一日中勉強をしろ、と言われてもできる気がしない。

しかしだ。学生にしろ社会人にしろ、なんらかの「責任」は必ず背負っているわけで——。

(いやいや、単なるバイトの私が皆の仕事の進み具合に口を挟《はさ》むのもおかしいか。椅子の製作が遅れているわけでもないみたいだし)

そもそも皆を叱るためにこちらへ来たのではない。状況を知りたくて工房に足を運んだだけだ。

普段と異なるヴィクトールの態度に心を掻《か》き乱《みだ》され、その勢いでつい責めるような言い方をしてしまったのだ。

「はい、すみませんでした。おかしなことが起きていないなら、いいんです。私、お店に戻りますね」

杏は頭を下げ、立ち去ろうとした。すると、「待った」と慌てたようにヴィクトールが杏の腕を掴む。どこか困ったように眉《まゆ》を下げて、杏を見つめている。

立ち上がった雪路がそっと作業テーブルの椅子をこちらへ持ってきて、杏の横に置いた。ヴィクトールが心得た様子でその椅子に杏を座らせる。

「……鉄道の部品は、売れるんだ」

ヴィクトールが腕を組み、いきなりそんな説明をし始めた。

なんの話かと杏は目を丸くした。職人たちもそれぞれ、作業テーブルの椅子を引っぱってきて、神妙な様子で座る。立っているのはヴィクトールだけになった。

「全国各地に鉄道マニアが存在する。コレクターたちの鉄道愛は並々ならぬものだよ。たとえば切符、プレート、電圧計、表示板、カンテラ、車輪……売れない物なんてない。ハザもしかりだ。鉄道部品のオークションも頻繁《ひんぱん》に開催されている」

「は、はあ」

ハザってなんだろうか。それに電圧計や車輪を買ってどうするんだろう、という謎がちらっと頭をよぎったが、杏はひとまずうなずいた。

「ものによっては数十万、数百万を超える。給料三ヵ月分の結婚指輪どころじゃない」

なぜ結婚指輪の値段と張り合った、と思ったが、これも「へえ……」と杏は従順にうなずいておいた。職人たちも神妙な顔を続けている。

「高田杏は、日本の鉄道の始まりがいつか知っている？」

「えっ、いえ」

「明治時代だよ。ちなみに初期の鉄道には座席に補助灯もなくてね。そこで使われていたのは蠟燭《ろうそく》だ」

「へ、へえ」

突然始まる鉄道談義。杏は戸惑いつつも話を聞いた。

「日本が蠟燭を使い始めたのは奈良時代だ。材料は蜜蠟燭から松脂《まつやに》へと移り変わって、江戸時代に和蠟燭と呼ばれるものが作られるようになった。が、当時の蠟燭は高級品。庶民が気軽に使えるものじゃない。明治に入ってようやく洋蠟燭が輸入され、やがてこれが一般家庭に浸透していったわけだ」

「……その西洋の蠟燭が、電車でも使われていたんですね」

「そうなる。ランプの使用は、明治も半ばをすぎてからだよ。座席も単に、座面に板を張っただけの簡素な代物《しろもの》だった」

「乗り心地、悪そうな……」

「うん、悪い。かなりね。この時代の鉄道は、客が乗れればいい、という意識のほうが強かったんだ。それでも人々にとっては画期的な乗り物だった。現代のように、自動車が当たり前に走っている時代じゃないのでね」

ヴィクトールは顎《あご》に手をあてて思案に耽《ふけ》る顔を見せた。杏はなんだか授業を受けている気分になってきた。

「座席が改良され始めるのは、ランプが使われる少し前あたりだ。板張りの背もたれが作られるようになり、乗客が座ることをより意識したものに変わる。といっても座面に敷物をぺらっと敷いた程度なんだけれど」

「モケット……座面にクッションが入れられるようになったのが、大正？」

「そう。こういうボックスシートがようやく登場する」

と、ヴィクトールは視線で壊れかけのボックスシートを撫で、

「けれどね、背もたれが改良され、より快適に座ることができる椅子が作られたのは、実のところ昭和に入って以降だ」と明るい声で告げた。

「えっ、そうなんですか」

さほど昔の出来事ではないのかと杏は感心した。それにしてもヴィクトールは椅子に関する知識が広い。椅子愛に限りがないというべきか。

「人間工学に基づいた座席が作られるのはさらにあとの時代になるね。一九六四年開業の東海道新幹線が初だよ」

「東海道新幹線……」

「世界で最初の高速鉄道だ。ちなみに走行速度が二百キロメートル毎時以上の列車を高速鉄道と呼ぶ。ただしこれは国内の定義であって、国際鉄道連合で決められているものとは違うが」

杏は目を瞬かせた。世界で最初という部分に驚く。

新幹線自体はもちろん知っている。けれど、じゃあそれが具体的にどういった鉄道なのか、杏には彼みたいにぱっと説明することができない。

ヴィクトールと話していると、こんなふうに「身近に存在するものについて、知っているようで実際はよく知らない」と感じることが多々ある。

「人間工学っていうのは？」

「簡単に言えば、人体に合わせた機器を考案すること、その研究をすることだ。椅子作りに欠かせない、背もたれの角度、座面のカーブ、脚の高さの設定。もっと座りやすくなるようにと、これらに人間工学を取り入れた。デザインとは、造形だけを意味するわけじゃない。実用性も含めてこそだ」

職人たちが「うんうん」とうなずきながら控《ひか》えめに拍手をする。

あぁこの人たちは本当に椅子マニアだなあ、と杏は密《ひそ》かにしみじみした。

「あの、ところで先ほどの、ハザってなんでしょうか？」

気になっていたことを尋ねると、ヴィクトールは杏と目を合わせて微笑んだ。

「鉄道用語と言えばいいかな。ハ、というのは普通車のことだね。時代によって、三等車か二等車かに変わってくるよ。ザ、はそのまま、座席のことだ」

「ハは、なぜ、ハ……？」

こうした初歩的な質問も面倒臭《くさ》がらずに答えてくれるのが、ヴィクトールのいいところだと杏は思う。

（真剣に向き合ってくれるの、嬉しいんだよね）

だからついあれこれと質問を重ねてしまうのだ。

「明治から昭和中期にかけて、一等車をイ、二等車をロと呼んでいた。昭和四十四年からは、一等車にあたるグリーン車がロと呼ばれている」

「あっ、もしかして、イロハでわけていますか？　いろはにほへとの、イロハ」

「そう。まあ他にも色々と呼び方があるけれど」

へえ、電車っておもしろいなあ……と再び感心したところで、杏は首を捻った。

（いや待って。おもしろいんだけれども、なんで鉄道談義を始めたんだろう）

かなりわかりにくいが、ヴィクトールは杏の機嫌を取るつもりでこんな談義を始めたんじゃないだろうか。……内容は正直、女子受けするとは言いがたいモノだけれども。

だが女子受けするような話で盛り上がるヴィクトールの姿などまったく想像できないので、これはこれでいい気がしてくる。

「どうだ、高田杏も鉄道の魅力に落ちたか」

自信満々な顔つきで問われ、杏は頬が引きつった。

違った。ご機嫌取りではなく、彼は杏の心も鉄道ロマンの色にそめ上げようと目論んでいるだけだ。

「……えーと、それじゃあ私、そろそろお店のほうに戻ろうかな」

曖昧《あいまい》に笑って立ち上がろうとした杏の肩を、隣に座っていた雪路が無言で押さえた。まだ話は終わっていないと言いたげな視線を寄越される。杏はなんとも言えない気持ちで座り直し、ヴィクトールへと顔を向けた。

「室井武史はさっき名言を口にしたと思う。壊れゆくものの美学。俺もその通りだと思うよ」

ヴィクトールが瞼《まぶた》の上にかぶった前髪を指先で横に流し、例のボックスシートをちらりと見やる。

「全国に廃止になった駅がどれくらいあると思う?」

「……百、とか?」

鉄道から駅の話題に変わった。ひょっとして杏が鉄道ロマンを受け入れるまでアプローチし続ける気なんだろうか。

「もっとだよ。千を軽く超える」

「そんなに?」

予想以上の数だ。ついヴィクトールの話に引きこまれる。

(これってヴィクトールさんの思う壺《つぼ》なのでは?)

悩みながらも、やはり話の先が気になって問いかけてしまう。

「国内だけで千以上も駅が消えているんですか?」

「そう。とくに昭和後期の北海道なんて廃駅ラッシュだった。全国的に見て、こんなに多く駅が廃止になった地区はない」

ヴィクトールは、足が壊れてがたつくボックスシートの背もたれに片手を乗せた。

「このボックスシートはね、北海道の廃駅に放置されていた鉄道の椅子なんだよ。解体されて捨てられていたところを、そちらに出張していた同業者の星川仁《ほしかわじん》が格安で買い取ってきた。……ほぼタダ同然の値で」

星川仁とは、以前「柘倉」と合同展を開いたことのある家具工房のオーナーだ。たまに「柘倉」に顔を見せては、ヴィクトールをからかっていく。

「俺も近いうちに廃駅巡《めぐ》りをしようと思っている。そこにはきっと、まだ見ぬ魅惑的な座席があるに違いない」

引きこもり気質のヴィクトールだが、椅子が関わると俄然《がぜん》アクティブに変わる。

「それで——星川仁が出張先の競《せ》りで手に入れたのが、あのシェーカーチェアなんだ」

はいっ? と杏は首を傾《かし》げた。

「シェーカーチェア?」

とは、いったい。

「なんで変な顔をする? 取り置き予約の入った椅子について聞きたがったのは高田杏だろ」

数秒見つめ合った後、彼の言う「シェーカーチェア」がなにか理解する。

(日下部さんが予約したチェアのことかあ!)

まさかここで店に置いてあった取り置き予約の椅子と話がつながるとは。

杏は気持ち、前のめりになった。

「ボックスシートとあのチェア、どちらとも星川さんから買い取ったんですか?」

「ああ。ボックスシートのほうは競りとは関係ないけれどね。シェーカーチェアのほうは……なぜか他の家具を仕入れた時についてきた、というか、売り主からセットでぜひにと押しつけられたらしい。それを俺に持ってきたわけ」

あれ……? と杏は、ヴィクトールの発言の一部に少し引っかかりを覚えた。

押し付けられた、ってどういう意味だろう。

それに、星川の工房のメイン商品はオリジナルだが、多少はヴィンテージ家具も取り扱っている。なぜ自分の工房でその椅子を展示せず、わざわざヴィクトールに回してきたのだろう。

年代物の椅子だから「TSUKURA」で扱うほうが相応《ふさわ》しいと判断したのか。

それらしい理由を考えてみたが、どうもしっくりとこない。

杏は知らず眉間《みけん》に力をこめた。

——気のせいか、急にぞくっと寒気がしたような。

なんだろう？　暑さは変わらないはずなのに、肌寒く感じるなんて。

「で、シェーカーチェアの座面の張り替えと修理が終わったから、店に出した。そうしたらすぐに買い手がついて、驚いたよ」

「そうですか。……あの」

押し付けられた、という部分をもっと詳《くわ》しく聞きたい。……聞いておいたほうがいい気がすごくする。

しかし杏が問う前に、工房長の小椋がじとりとヴィクトールを睨《ね》めつけて不満の言葉を漏《も》らす。

「杏ちゃん、聞いてくれよ。ヴィクトールが星川君とこからボックスシートとそのチェアを買い取ったのはな、ふた月近くも前だってんだぞ」

「ふた月も……？」

「おうよ」

小椋は白髪《しらが》まじりの頭をがりがりと掻いて、額に深い横皺《よこじわ》を作った。

「つまりヴィクトールは俺らに隠れて、しばらくの間一人でボックスシート鑑賞を堪能《たんのう》していたわけだ。薄情だと思わねえか？」

「人聞きの悪いことを言わないでくれ。つい最近まで自分でもボックスシートを買い取ったことを忘れていたんだ」

ヴィクトールが、む、と頬を膨《ふく》らませて反論する。

「……？　どういう意味ですか？」

杏が困惑の表情を浮かべると、ヴィクトールはなんとなく落ち着かない様子でボックスシートの背もたれの縁《ふち》を撫でた。

「言葉通りの意味だよ。店にシェーカーチェアを出して、ついでに倉庫の整理をした時、奥に置いていたボックスシートを見つけた。ちょうどその頃、高田杏がバイトに入ったりダンテスカの件で色々あったりしたから、俺も精神的に余裕がなかったんだろ」

んん……？　と杏はまた引っかかるものを感じた。目を輝かせてロマンだのなんだのと口にするくらい鉄道が好きなのに、それを今まで忘れていた？

なんだろう、さっきよりも背中がぞくぞくとするような。おまけに、くらっとくるような嫌な感覚も。

（ま、まさかね？）

一瞬頭をよぎった「霊障」という不吉な言葉を、杏は慌てて打ち消した。余計なことを考えるのはやめよう。

「そうだ、椅子の取り置き予約が入った時に『TSUKURA』で店番をしていたのは室井さんなんですよね？」

「ええ、そうですよ」

杏から見てななめ横の位置にある椅子に座っていた室井がこちらを向き、微笑んだ。口調も物腰も丁寧な男だが、オールバックで青白い顔、なおかつ全体的に陰気な印象があるため、微笑まれると先ほどとは違う意味で背筋が寒くなる。怖いのは見た目だけで、とてもいい人なのだが。

「取り置き希望をされた日下部さんって、どんな方だったんですか？」

「すらっとした若い女性だったと思いますよ。顔立ちまではっきり覚えていませんが……その、目を合わせて話すと怯えられると思いましたので、なるべく顔を見ないように……」

室井は眉を下げて困ったような顔をした。

「そ、そんなことは」

杏は返答に窮《きゅう》した。ない、と言い切れないところに後ろめたさがわく。

なぜか雪路や小椋も、いたたまれないというように一緒になって俯いた。優しい性格なのに、強面すぎて損をしている。不憫《ふびん》な人たちだ。

「現金を持ち合わせていないので、後日払いに来たいという話で。カードを使うと金銭感覚が狂うので、持つのは嫌だともおっしゃっていましたね」

「予約された日以降、一度も連絡がなかったんですか？」

「……留守電には入っていませんでしたね。メールも届いていないようでしたし」

室井は助けを求めるように皆を見回した。……ボックスシート鑑賞に気を取られて肝心《かんじん》の仕事が疎《おろそ》かになっていた、と白状しているも同然の態度だ。

杏は微笑み返した。本当に、皆を責めるつもりはないのだ。

そりゃオリジナルチェア製作の進捗《しんちょく》状況は気になるが、皆、完成までにかかる日数などはしっかり計算しているんだろうし――。

(それにしても、普段真面目《まじめ》な皆が椅子作りを忘れてこんなに熱中するなんて、鉄道ロマンってすごいんだな)

なぜかここでまた「霊障」という言葉が思い浮かんだが、杏は必死に気を逸《そ》らすことにした。

「あの椅子は、シェーカーチェアっていうんですよね？　素敵な椅子ですね、シンプルな構造だけれど凛《りん》とした佇《たたず》まいだなって。店にある他のアンティークチェアとはずいぶん雰囲気が違いますね」

杏の言葉にまっさきに反応したのは、あらゆる椅子を盲愛《もうあい》しているヴィクトールだ。

「そうだろう！　やっぱり高田杏も鉄道が好きなんだ」

「ええと、シェーカーチェアを好きなことと鉄道に、どういう関係が……？」

杏はおずおずと尋ねた。星川がその両方を持ってきたため、だろうか？

ヴィクトールの思考回路は常人には容易に推《お》し量《はか》れない。だが彼の中ではその両者間をつなぐなにかがあるのかもしれない。

「だって鉄道といえば宮沢賢治《みやざわけんじ》じゃないか」

ほほう『銀河鉄道の夜』か、と嬉しそうにつぶやいたのは小椋だ。彼は読書が好きだからすぐにそれをぱっと思いついたのだろう。

「え、俺は鉄道といえば『機関車トーマス』だけど。子どもの頃、絵本持っていたし」

ぼそっと反論したのは雪路だ。

トーマスはタンク機関車だったな、とヴィクトールが余計な知識を披露《ひろう》する。

（待って。鉄道から宮沢賢治の連想はわかるけれど、それがどうしてシェーカーチェアに結びつくの）

今度はトーマスの話題で盛り上がりそうなヴィクトールたちに、杏はとっさに思いついたことを投げかける。

「シェーカーチェアってどういう時代に作られた椅子なんですか？　あ、まさか、シェイク、の意味とか」

喉《のど》が渇《かわ》いたな、マックのシェイクが飲みたいな……とつらつら考えたところで我に返り、頬が熱くなった。

またやってしまった！　ツイストレッグの時もだけれど、どうして自分はとっさに飲食物を思い浮かべてしまうのか。ちょっと食い意地がはりすぎじゃないか？

焦《あせ》りで挙動不審になりかけたが、ヴィクトールが先ほどの目がちかちかするような笑顔で杏を見つめる。

「そうだよ、〝shake〟の意味で合ってる。高田杏の美点はその素直な感性だと思うよ」

「……ありがとうございます」

ヴィクトールのほめ方は微妙すぎて複雑な気持ちにしかならない——はずなのに、なぜか顔の熱がおさまらない。

（いや、まだ好きじゃない。この人を好きになってなんかない）

杏は必死に否定する。

本当に、彼がただの変人にすぎない男だったら、こんなに厄介《やっかい》な悩みは持たずにすんだのに……。

「シェーカーは、その『揺れる』『震える』『振る』といった〝shake〟から来ている。この椅子はね、シェーカー教の信徒が作った椅子なんだ。言っておくが、イスラム教のほうの『シャイフ』とは別だよ」

「シェーカー教？」

馴染みのない言葉に、杏はぎくっとする。

ヴィクトールとの椅子談義は、歴史の知識を試される時間でもある……。

「正確には〝The united society of believers in Christ's second appearing〟という。『キリストの

再臨を信じている』というような意味だよ。このシェーカー教はプロテスタントのクエーカーからわかれた一派なんだ」

……プロテスタントってなんだっけ。歴史の授業で耳にした覚えがある。

杏は急いで記憶を掘り起こした。カトリック教会から分離した一派だったか。

「クエーカーっていうのは……？」

「キリスト友会と呼ばれる、プロテスタントの一派のことだね」

「キリスト教は、色んな派閥《はばつ》に枝分かれしている？」

「ああ。で、シェーカー教の発足人はアン・リーという女性。……どこかの誰かと同じ名前だな」

ヴィクトールが杏をじっと見つめて笑う。

急に目を合わせるのが恥ずかしくなり、杏は慌てて俯いた。

いつもずけずけと遠慮なく話す彼の瞳は、ある意味子どものように純粋《じゅんすい》で、だからこそたちが悪いと思う。自分自身でも気づいていないような心の奥底にある感情を暴かれるんじゃないかという淡い恐れが生まれるのだ。

「なぜシェーカー教の名がついたかというと、彼らは歌い、踊って、身体を動かしながら祈禱《きとう》するためだ」

「踊るんですか」

「なにを驚く？　日本だって踊りを用いた宗教や宗派が数多くあるだろう」

……知らない。

「身を揺らしたりすることでトランス状態、つまり神がかりの状態に自分を持っていくんだよ。集団ヒステリーに近いような状態だ。麻薬や性的行為、戦闘《せんとう》でそうした一種の興奮状態を誘起する過激な宗教も存在する。それらに比べたら歌や踊りなんてかわいいものじゃないか」

「そ、そう……いうものですか、はい」

ちょっとした言葉に反応していちいち恥じらう自分は、本当に子どもだ。杏は内心落ち込む。雪路たちからなんとなく同情的な視線を向けられているのがまたつらい。

「シェーカー教は一七〇〇年代に生まれた。彼らはイギリスから自由の国アメリカへ渡った後、一般社会から離れた場所で独自のコミュニティと生活スタイルを作り上げたんだ。コミュニティの形成は宗教団体ならよくある流れだろ」

「はい」

と、杏は余計な口を挟まず素直にうなずいたが、本当によくある流れかどうかはわかっていない。

「独立当初はたった九人。それが一八〇〇年代半ばには数千人の団体へと膨れ上がるんだ。ちょうどその頃が、彼らの家具作りの最盛期でもある」

「へえ……今でも規模が大きい団体なんですか？」

「いや、現在は既にコミュニティはなくなっているよ」

「どうして？」

「まあ、教義がどうこうというよりは、彼ら独自の理念や生活スタイルが時代に合わなくなってきた部分が大きいんじゃないかな。独身を貫《つらぬ》く主義といったあたりもコミュニティの衰退《すいたい》を招く原因になったろうね」

家族を団体に引きこむことができないから、ということだろうか？

「団体は消滅《しょうめつ》しても、家具の人気までは廃《すた》れていない。椅子を見ればわかるが、とても禁欲的でシンプルだ。無駄がなく、機能的。それもひとつの美しい姿だと思うよ」

「シンプルイズベストですか」

ヴィクトールが、ふ、と笑う。杏がなんとか話についていこうと苦心しているのがわかったらしい。

「代表作は、やはりラダーバックチェアだな。取り置き予約の入った椅子がまさにそのデザインだ。あぁ、〝ラダー〟とは、梯子《はしご》の意味だよ」

「あっ、背もたれ部分のことですよね。横に板が渡されていて、梯子っぽい」

「そう。そしてフィニアルが蠟燭状に作られている。〝フィニアル〟というのは、左右の背柱の、先端のことだ」

「確かにちょっと雫形《しずくがた》っぽい丸みがありました」

頭の中に店で見たシェーカーチェアを思い描きつつ、杏はふんふんとうなずいた。

「シェーカーチェアに対する高田杏のイメージは正しい。凛とした佇まいであることは間違いがない。質素であること、清くあることという信仰に根ざした彼らの理念、祈りが椅子にも現れている。脚はまっすぐで、余計な装飾もなく、軽く仕上げられている。彼らの澄み切った生き様そのままに」

「すごいですねえ……」

椅子の歴史とは、人の歴史そのものだ。誰がどんな思いでその椅子のデザインをしたのか。それを紐解《ひもと》けば、埋《う》もれていた過去が見えてくる。

と、ここまで興味深くヴィクトールの話を聞いたが、(いやいや)と杏は内心首を横に振った。肝心な疑問点が解決していない。

「ヴィクトールさん、シェーカーチェアの歴史はわかりましたが、それと宮沢賢治に、いったいどんな関連が？」

「うん？　生き方が似ているじゃないか。シェーカー教の信徒と」

ヴィクトールが腰に手を当てて言う。

「宮沢賢治も宗教――法華経《ほけきょう》に身を捧《ささ》げている。また、農業、日々の労働を重視した生活を送った。禁欲を自らに誓《ちか》い、生涯独身で通した。シェーカー教もおよそ同じだろ、ストイックさを貫き、農業生活と信仰に救いを見出《みいだ》している」

「な、なるほど……！」

そういうつながりか、と杏は驚いた。

「宮沢賢治の創作した『銀河鉄道の夜』に関して言えば、作品内にキリスト教の影響も見られるという説があるよ。登場人物の名前からして、というかね」

「ジョバンニとカムパネルラでしたっけ」

「その名はイタリアの神学者であるトマソ・カンパネルラからとられたと考えられている。彼の幼名がジョバンニだね。そういった観点から突っ込んでいくと『銀河鉄道』の主人公二人の根本は同じ……表裏一体、あるいは双子《ふたご》のような関係性を持っているのではないかとも推測できる。物語的にも、この二人は生死をそれぞれ象徴しているよね」

『銀河鉄道の夜』は幼少の頃に一度、読んだきりだ。どういう話だったっけ、と杏は密かに焦る。

またただ。新幹線の話同様、知っているようで実はよく知らない。知らないことに、気づかされる。ヴィクトールとの対話からは、たびたびこうした類いの焦燥感《しょうそうかん》が生まれる。

「その他、ジョバンニは宮沢賢治自身、カムパネルラは親友の保坂嘉内《ほさかかない》をモデルにしているのではないかという説もある。一時期は恋人扱いをするほど非常に親密な関係であったという。実際、宮沢賢治が保坂嘉内にあてた書簡などを見ると、けっこう強烈な印象を受けると思う。熱心に法華経に帰依《きえ》するよう呼びかけているね。それが彼らの関係にひびを入れる原因にもなっているが」

杏が思い悩む間も、ヴィクトールの説明は続く。

「保坂嘉内ってどういう人物ですか？」

「小惑星の名前にもなっている人物」

「えっ」

「宮沢賢治と同じ盛岡高等農林学校に通っていた青年だ。――で、名前の話に戻るが、〝カンパネルラ〟とは〝鐘〟の意味を持っている。それから連想されるのは、教会の鐘だ。わかりやすい例を挙げるなら、リストの『ラ・カンパネラ』かな。このピアノ曲は鐘が鳴るような、美しい高音が特徴だ」

「……リスト。作曲家でピアニストのフランツ・リストですね！」

これは音楽の授業で習ったから、杏もかろうじて知っている。

あぁ芸術の知識も試される……。

「すばらしい曲だよ。フジ子・ヘミングの演奏とかは独特で、情感があふれているよね。音がやわらかい」

「そ、そうですね。それで、他は、どのあたりにキリスト教の影響が？」

……知識のなさをごまかそうとしたわけじゃない。

「ジョバンニは活版所で働いている。ここに活版を持ってくるのが非常におもしろい」

「活版？　それが、いったい？」

「ヨーロッパではじめて活版印刷された書物が『グーテンベルグ聖書』だろ」

おお、と杏はよくわからないまま感嘆《かんたん》の声を上げた。一緒になって聞いていた職人たちも、おー、とつられた様子でざわめく。たぶん誰もよくわかっていない。

（なんだろう、『グーテンベルグ聖書』って……）

揃って首を傾げる杏たちを眺めたヴィクトールが、微妙に渋い顔をした。

「旧約、新約聖書のことだからね。キリスト教、ユダヤ教などの聖典」

杏たちはそっと目を合わせて小さくうなずいた。キリスト教の信徒とか学者ならともかく、そんなこと、一般の人はあまり知らないと思う。

「そ、それで！　次は」

杏は勢い込んで続きを促《うなが》した。色々とごまかしていることに気づかれていそうだが、ヴィクトールは軽く片眉を上げるだけにとどめて話を進める。

「そうだな、『銀河鉄道の夜』の作中に〝北十字〟〝南十字〟が出てくる。これはそのまま、十字架を示しているだろ。いや、十字架という言葉自体、はっきり出てくるんだよ。〝ハレルヤ〟という言葉も登場する。キリスト教で有名な言葉だね。〝苹果《りんご》〟も出てくるよ」

「苹果は、ええと、エデンの園にある禁断の果実で……これも聖書ですね」

「もっと直接的な言葉も使われている。〝カトリック風の尼《あま》さん〟という表現だ」

「まんまですね」

　杏は目を丸くした。

「あとは、ジョバンニの父の仕事である漁もそうだし、〝神の議論〟〝パン〟〝牛乳〟〝ケンタウル祭〟……ひとつひとつを挙げればきりがない。随所《ずいしょ》に影響が見られるよ」

　パンのことはわかる。パンとワインをキリストの肉と血に見立てているという聖餐式《せいさんしき》からの連想だろう。お祭りも、神様が関係しているというのはなんとなく想像できる。でも。

「あの、漁がなぜキリスト教に関わってくるんですか？」

「〝ジーザス・フィッシュ〟。〝魚〟はキリスト教のシンボルだろ。聖書にも漁猟について書かれた箇所《かしょ》がある。ルカの福音書だったかな」

「牛乳は？」

「牛乳というか、この場合は〝乳〟の部分に注目だ。聖書で、約束の地カナンは『乳《ちち》と蜜の流れる場所』とされている。こう見ると、ずいぶんと祝福に満ちた、というより祈りに満ちた内容だと思わないか？」

　はあ……と杏は再度感嘆の声を漏らした。『銀河鉄道の夜』の内容を、ヴィクトールみたいにしっかり覚えているわけじゃない。けれども、今の説明を聞き、目から鱗な気分を味わった。

（ヴィクトールさんは本の内容を純粋に楽しむだけじゃなくて、言葉の裏の意味、というか、

なぜ作者はその言葉を使ったのか、というところまで考えながら読んでいるのかな)

前にも思ったが、この人は言葉の意味を深く読み取ろうとするところがある。杏にはない感覚だ。

その感覚は、椅子に対しての姿勢にもつながっているように思える。

(でも、なんだか最初はまず、楽しい！　おもしろい！　好き！　っていう本能のままの感覚を持ってほしいような)

などとつい歯がゆく思ってしまうのは、杏自身がそういう単純な感覚しか持っていないからかもしれない。こういった面が本当に子どもっぽいというか。

できるなら、自分と同じ感覚も共有してほしいだなんて――。

(いや違う！　違うから私！)

杏は無意識に両手で自分の頬を強くこすった。ヴィクトールたちが、ちょっと驚いたように杏を見る。

「どうした？」

「いえ、なんでも。……わかりました、それでシェーカーチェア、宗教観、宮沢賢治、銀河鉄道、という感じでつながっていったんですね」

「どう？　鉄道、すごいだろ？　高田杏も好きになったな？」

杏は、はたと気づいた。

今までの話って、「鉄道を好きだ」と言わせるための布教活動だったわけか！

椅子に絡めて話すあたりがいかにもヴィクトールらしい。

「もうひとつ言うなら……『銀河鉄道の夜』でジョバンニたちが乗る軽便鉄道の座席は、このボックスシートと同じ青い天鵞絨だ」

そ、そこまで計算して話していたとは！

（策士……！）

こちらを見つめるヴィクトールの目は、「どう？　どう？」と期待たっぷりにそわそわしている。

職人たちの視線も杏に集中だ。ここで「いいえ」と冷たく拒絶できるほど、杏も鬼じゃない。

「す、好きになってきたような」

ヴィクトールの熱意に根負けした杏がぎこちなく肯定《こうてい》すると、全員から嬉しそうに拍手をされた。

場がなごんだ時だった。

「あの……」という第三者の控えめな声が耳に届いた。

皆、一斉《いっせい》に声のしたほうへ振り向く。

プレハブの入り口に、ボストンバッグを下げた六十歳前後の男性が立っていた。

彼を見て、ヴィクトールが渋面《じゅうめん》を作り、小声で「しまった」とつぶやく。

「……忘れていた。今日は工房の取材が入っていたんだった。対応は皆にまかせて、俺は逃げる予定だったのに」

なんですと。

杏たちは揃って絶句し、ふてぶてしく舌打ちするヴィクトールを凝視《ぎょうし》した。

(そんな大事な話を忘れていた⁉　……って、自分は逃げる気満々だった⁉)

なんて人だ。

雪路と小椋が無言で立ち上がり、左右からヴィクトールの腕を摑んだ。逃がすまいという気迫が二人から漂ってくる。

「あ、私は店のほうに戻ります」

その隙に逃げ出そうとした杏も、室井に笑顔で阻まれた。

2

「私、木蔦社《きづたしゃ》の望月峰雄《もちづきみねお》と申します。ご多忙のところをお邪魔してすみません」

その男性は穏和な微笑を見せてそう名乗った。

彼の身長は百七十くらいだろうか。夏用の生成《きな》りのジャケットにベージュのパンツを合わせている。グレーに染めた髪は後ろに軽く撫《な》でつけられていて、清潔な印象だ。杏《あん》たちを平等に眺める瞳の奥には知的な光がある。眼鏡《めがね》をかけているのでなおさら聡明に映《うつ》るのかもしれない。目尻はきゅっと上がっているが、表情がやわらかいからか、きついイメージはない。

ちょっと誰かに似ているな、と杏は思ったが、それが誰のことかは自分でもよくわからなかった。曖昧《あいまい》な感覚だ。

「作業中でしたか」

望月が眼鏡を指で押し上げ、困ったように言った。

「少し時間を置いてからおうかがいしたほうがいいでしょうかね」

「いえ、せっかくいらしてくださったのに気づかず騒いでしまい、申し訳ありません」

望月のいる入り口前まですばやく移動したあと、杏は動揺しながらも深く頭を下げた。ヴィクトールや職人たちも近づいてくる。

(……皆、緊張しすぎ)

いったいどういう取材なのかと、杏はそっとヴィクトールのほうをうかがった。視線に気づいたのか、ヴィクトールは憂鬱《ゆううつ》そうな表情を隠しもせず、望月本人の前で説明し始めた。

「この望月峰雄は『地上図鑑《ずかん》』という雑誌の編集者だそうだ。北日本在住の木工家たちを取材して歩いているそうで、少し前に俺の工房に電話をしてきた。『木づくりの人々』というタイトルで、木工家とその作品を紹介する本を作りたいと。……なんであの時、取材依頼の電話に出てしまったのかという後悔が今もとまらないよ、俺。そうだ、高田《たかだ》杏が悪い。ちょうどあの日は高田杏が青いサンダルをはいて、はじめてうちの店に来たんだ。その時の死にたい気持ちが夜までおさまらず、動転するまま電話に出てしまった」

ずらずらと憎々《にくにく》しげに話すヴィクトールの口をすぐに塞《ふさ》ぐべきか、杏は真剣に迷った。愛想笑いを浮かべる余裕もない。

(なに言ってるのヴィクトールさん。せっかく来てくれた編集の人までフルネーム呼びとか、後悔がとまらないとか!)

彼より常識のある職人たちは、ヴィクトールのあまりの言い様に言葉もない様子で立ち尽くしている。

ヴィクトールは重々しく溜息をつきながら、失礼極まりない発言を続けた。

「星川仁《ほしかわじん》の工房にも行ったことがあるそうでね、そこで俺たちが工房で作っている木の船のことを聞いたらしい」

余計なことをしやがって、という恨《うら》みのこもった副音声が聞こえたような気がする。

「で、その船を取材のメインに撮《と》りたいそうだ。おかしな男だろう？　なぜ椅子の写真を撮らないんだ」

ヴィクトールの目が死んだ魚のように濁《にご》っている。

「あと、作り手の写真もほしいそうだが、俺は絶対に撮らせない。おまえたちにまかせる。インタビューもまかせる。そもそも『なぜ木工家の道を選んだのか』とコメントを聞かれても、そんなの、椅子を作りたいからただ作るだけだとしか答えようがないじゃないか。無意味なコメントすぎて、気が滅入《めい》る」

これ以上ヴィクトールの暴走を許しちゃだめだ。失礼どころの騒ぎではない。

「ヴィクトールさん！　わ、私、お客様にお飲み物を用意してきたいと思います!!」

杏が遮《さえぎ》るように叫んだ瞬間、職人たちから縋《すが》るような視線を一斉《いっせい》に向けられた。「ずるい、この状況で俺たちを置いていくのか、嘘だろ」と言わんばかりの切実な眼差《まなざ》しだった。

「いえ、おかまいなく。無理に取材の依頼をしてしまったことは、本当に申し訳ない。自分の聖域である工房を荒らされたくない、作業中の様子をのぞかれたくないというクリエイターの方々の心情はよくわかります。でも、そういったこだわりこそが唯一の作品を生むのだとも思っていますので」

望月は優しく笑って大人の対応をしてくれた。

だからそんな寛容な彼に対して「それがわかっているなら四の五の言わずに早く帰ってほしい」と赤裸々《せきらら》に本音を告げようとしたに違いない変人ヴィクトールの背中を、杏は諫《いさ》めるべく、わりと強めの力でつついた。その後、一歩前に出て、もう一回深々と望月に頭を下げる。

「そう言っていただけてとても嬉しいです。その、うちの工房の者たちは……、皆職人気質と言いますか、取材にまったく慣れていないので……、失礼な態度を取ってしまいすみませんでした」

あぁ冷や汗がとまらない！　いたたまれなさと焦《あせ》りで顔も赤くなっているに違いない。

だが、杏がこれほど必死に場を取り繕《つくろ》おうとしているというのに、元凶のヴィクトールときたら！

つつかれた背中を片手で押さえつつ、恨めしげに杏を睨《にら》んでいる。

「いや、大手出版社さんとは違って、うちは本当に細々と食いつないでいるような小さなところですから、そんな硬くならずに」

望月がおおらかに手を振る。

「しかし、いい読み物を作っていきたいという気持ちだけは誰にも負けていないつもりです。

今回は『こんなにすごいクリエイターが存在するんだぞ』と様々な町の片隅で日々技を磨《みが》く、知られざる匠《たくみ》の人々を皆に紹介したい……というより、誇《ほこ》りたい。そんな思いでツクラさんに取材をお願いしたんですよ」

「あ、ありがとうございます」

「ですが残念ですね。こんなに美男の作り手が撮影NGというのは」

動揺しっ放しのこちらをなごませようとする望月の気遣《きづか》いをぶち壊してくれるのは、もちろん空気の読めないヴィクトールだった。

「写真を撮らせたら良好な状態のリンゴの木材をもらえるというならいくらでも。滅多《めった》に手に入らない木材だし、そもそもが瘤《こぶ》も多くて加工が難しい木だけれども、挑戦する価値は十分に――」

杏はさっきよりも強めにヴィクトールの背をつついた。きつく睨まれたが、全面的にこの人が悪いと思う。

「ヴィクトール、黙れよもう……」と小声でつぶやいたのは、眉間《みけん》に凶悪な皺《しわ》を寄せた雪路《ゆきじ》だ。本人的にはヴィクトールの発言のひどさにほとほと参っているという表情なんだろうけれど、目つきが強烈すぎるせいで、威圧的《いあつてき》に睨んでいるようにしか見えない。他の職人の顔も似たり寄ったりだ。

だがいつも以上の悪人面《づら》が揃《そろ》う中であっても、望月は臆《おく》することなく穏やかな表情を貫《つらぬ》いている。なんて男気のある剛胆《ごうたん》な人なんだろうかと杏は感激した。

「やはりクリエイターには個性的な方が多くて、おもしろいですねえ」

本当にいい人だ。問題発言ばかりのヴィクトールをおもしろいの一言で許してくれるなんて。杏の中で望月の株が上がり続けている。

「ところでお嬢《じょう》さんも木工家ですか?」

望月がにこやかに杏を見る。

「……えっ、私?」

「女性の作り手は少ないし、あなたのようにお若い方も珍しい。ぜひお話を聞かせてほしいですね」

「高田杏はだめだ。作り手ではないし」

杏が返答するより先に、ヴィクトールは素《そ》っ気《け》ない口調で望月の提案を切り捨てた。一考すらする様子のない彼を見て、杏は戸惑《とまど》う。

(ヴィクトールさんのこの冷ややかな顔、写真なんか撮ったら私のお守り効果が薄れるかもしれない、なんて余計なことを考えているんじゃないだろうか……)

店の客相手の時ならもう少しまともな対応をしてくれるのに、なぜ今日は不機嫌な態度を隠さないのか。不審に思ったあとで、杏は気づいた。

……鉄道ロマンの布教中に邪魔が入ったと思っているからだろう、きっと。

「船はあそこにある。コメントが必要なら高田杏ではなく職人たちに聞いてほしい」

完全に臍《へそ》を曲げたようだ。ヴィクトールは本当にインタビューを職人たちに押し付けようとしている。

さすがに苦笑する望月を、ヴィクトールが人形めいた温度のない目で見つめる。そして杏の腕を取り、非礼を詫《わ》びることもせず工房を出ようとする。

(雪路君がすごい目でヴィクトールさんを見ている……)

空気を悪化させておきながら逃げるんじゃない！　と言いたげな表情だ。杏は胃がしくしくしてきた。

「取材ってんなら、あのボックスシートをもうちょっと早く直しときゃあよかったな」

小椋《おぐら》が頬をかきながら悩ましげにぽつりとつぶやく。

杏はふと、その言葉が気になった。出入り口に向かっていたヴィクトールをとめて「どうしてですか？」と小椋に尋ねる。

「あの船に設置する計画だったんだよ。船ん中に鉄道の座席が置かれているって、なんかよ、夢があっていいだろ？」

胸を張る小椋に、望月が不思議そうな顔をする。

「鉄道の座席ですか？」

「おう、あれよ、あれ」

小椋が道を開けるように横へ身をずらし、奥のスペースを指で示す。

「もう少し工房の中へお邪魔しても？」と断りを入れる望月に、彼がうなずく。

職人たちやヴィクトールの様子を見て、男性には鉄道が大好きな人が多いらしいと杏は知った。

この望月もボックスシートを見てやはり喜ぶのだろうか。頭の片隅で、喜色を浮かべる彼の姿を想像した時だ。

作業テーブルの間を通って船の置かれているスペースへと進んだ望月が、ボックスシートの前でぴたりと足を止める。

杏は「あれ？」と違和感を抱《いだ》きながら、望月の後ろ姿を観察した。なんだろう、ボックスシートを目にして驚いていることは確かなようだが――むしろはっきり強張《こわば》った彼の背中は、恐怖におののいている、という表現が当てはまるような気がする。

「な――なぜ」

望月がかすれた声をこぼした。

外へ逃げたがっていたヴィクトールも、職人たちも、彼の奇妙な態度に気づいて、きょとんとする。

「あの、大丈夫ですか」

と、心配そうに声をかけたのは、眉間の皺を消した雪路だ。望月が、びくりと大仰《おおぎょう》に肩を揺らして雪路を見やる。

そこで杏は唐突に、望月を目にした時に抱いた曖昧な既視感の正体に気づいた。

(望月さんって、顔が凶悪じゃない雪路君が年を取ったらこうなる、という雰囲気《ふんいき》を持っているんだ)

雪路のほうが長身で目つきも鋭い。ただなんとなくイメージが似ている、というだけだが。この程度の「他人のそら似《の》」的なものなら、そこまで珍しいことではない。

なのに、望月は息を呑んだ。先ほどまでの穏和な表情は既に彼の顔からすとんと抜け落ちており、代わりに、色濃い恐怖が瞳の奥に宿っている。頬もすうっと血の気が引いたように白くなっていた。

「ひょっとしてどこか具合でも?」

硬直している望月に、室井《むろい》もやはり気遣うように声をかける。望月はすぐに、いえ、と答えて、額の汗を片手で拭《ぬぐ》い、ボストンバッグを持ち直した。

「——すみません、外を歩き回ったせいでしょうか、どうも立ちくらみを起こしたようです」

「少し座りませんか」

という室井の労《いたわ》りの言葉に、彼は首を横に振った。

「大丈夫です。それで——この、壊れたベンチのような椅子は本当に……鉄道に設置されていたものですか?」

「ええ、そうですが」

「こちらの工房では、こうした座席の修理も受け付けているんですか？」

「あ、いえ。これは展示品や依頼されたものではないんですよ。あの船と同じで、我々の中だけの、いわば個人的な遊びの範囲で修理をしようとしているんです」

室井の返答に、望月は目を伏せた。冷や汗がとまらないようだ。

「……私のほうから本日の取材をお願いしていたのに申し訳ないのですが、後日に変更させてもらってもかまいませんか？」

船やボックスシートには触れず、緊張を孕《はら》んだ声で望月が許可を求める。

室井は少々面食らった様子で瞬《まばた》きをしたが、ちらっとヴィクトールの反応をうかがった。決定権はオーナーのヴィクトールにある。

しかしヴィクトールが返事をする前に、望月は身体の向きを変えて動き出そうとした。その直後、力が抜けたように彼の足ががくっと崩れる。

室井と小椋が慌てたように望月の腕を摑み、転倒を防いだ。

「望月さん、本当に顔色が悪いですよ。少し座られたほうがいい」

「いえ、その、ここは少々暑いので、できれば外の空気に触れさせてもらいたいのです」

「それなら、店のほうで休まれたらどうでしょう。車で数分の距離です。あちらなら空調も効《き》いていますよ」

望月ははじめ、二人の申し出も断ろうとしていたが、自分がふらふらの状態なのはわかっているらしい。視線をさまよわせたあと、「……ご迷惑をおかけしますが」と小声で言って、頭を下げた。

皆を順に眺めていたヴィクトールが顔をしかめ、さっとプレハブの外へ出る。むちゃくちゃな性格だが、具合の悪い人を無視して去るほど冷酷《れいこく》ではない。

駐車スペースからすぐに車のエンジン音が響いてくる。自分の車に望月を乗せるつもりなのだろう。

室井が望月の肩を支えて「行きましょう」とプレハブの外へ誘導する。

杏も、店番に戻るため同乗させてもらうことにした。


店の正面側となる通りの路肩にヴィクトールが車をとめたあと。

「私、先に行って扉を開けてきますね」

杏はそう宣言して車を下り、急いで店へと向かった。

その時「柘倉《つくら》」側の扉のそばに、客と思《おぼ》しき五十代の女性の姿を発見する。背は杏よりやや高めで、痩《や》せ形《がた》。少々時代遅れのジャケットに白いタイトスカートを合わせている。パンプスも白だが、ずいぶん汚れていた。

彼女は、店に近づいた杏の靴音《くつおと》で振り向くと、きつい眼差しを寄越してきた。杏はその視線の強さに怯《ひる》み、無意識のうちに足をとめた。

数秒、彼女と無言で見つめ合う。杏は自分の鼓動《こどう》がやけに激しくなっていることに気づいた。それが軽い耳鳴りを引き起こし、めまいがする時のような不快な浮遊感を招く。

「あの――」

勇気を振り絞《しぼ》って声をかけると、その女性客は赤い唇を歪《ゆが》めて「またおまえか」と言いたげな嫌味な表情を浮かべた。あからさまな悪意にふたたび気圧《けお》され、杏は口を噤《つぐ》んでしまった。女性客のほうもなにも言わず、長いウェーブヘアを揺らして去っていく。

（あのお客様、前にも会ったことがある）

杏は彼女の後ろ姿を茫然と見送りながら記憶を辿《たど》った。剝《は》げかけの赤い口紅《くちべに》を覚えている。そうだ、店の裏側に設《もう》けられている駐車場で杏が落葉を集めていた時、彼女がやってきたのだ。客をほったらかしてなにをサボっているのか、と叱《しか》られたことも思い出し、杏は肩を落とした。

（なんてタイミングが悪い……）

同じ客の来店時に、またも不在にしてしまうとは。

リピートしてくれたということは、椅子の購入意思を多少なりとも持っているということで。それなのに二度も対応できなかった。

しょげている間に気分の悪そうな望月と、彼の肩を支えるヴィクトールがこちらへやってくる。杏は胸に広がる落胆《らくたん》を振り切り、すぐに「TSUKURA」側の扉を開けた。先ほどの女性客が「柘倉」側の前に立っていたため、ついそちらを回避してしまったのだ。

「奥のスペースへどうぞ」

そう望月に呼びかけて、杏はカウンターのほうへ足早に向かう。

(オレンジジュースもあるけれど、ミネラルウォーターのほうがいいかな……)

今日の気温からいって、脱水症状を起こした可能性もある。とにかく水分をとらせたほうがいいだろう。あとは濡らしたタオルも。

あれこれ考えてカウンターの内側へ回った時だ。

ヴィクトールに付き添われていた望月がなぜか不自然に立ち止まったことに気づき、杏は目を瞬《しばた》かせた。望月は、工房で鉄道のボックスシートを目にした時と似たような反応になっている。

「……?」

首を傾《かし》げつつ彼の視線を追うと、その先に、取り置き予約中のシェーカーチェアがあった。

やわらかな橙《だいだいいろ》色のライトの下で、その椅子はひっそりとそこに存在していた。――ひっそり、と言いながらも、杏の目にはなぜか、その椅子が他の華《はな》やかなアンティークチェアを圧倒し、凛然と存在しているように映った。シェーカーチェアだけにスポットライトがあたっているイメージだ。

杏にとっては瞬きひとつで消えてしまう幻《まぼろし》にすぎなかったが、同じようにシェーカーチェアを目に映していた望月のほうは、また違った感覚を抱いたらしい。いまだ夢から覚めていないような表情を浮かべてシェーカーチェアを一心に見つめている。それも、ただの夢ではなく、とびきりの悪夢、という雰囲気だ。目を血走らせ、大げさなほどに顔を歪《ゆが》めている。

「ど——どういうつもりなんですか、あなたたちは！」

突然、望月は癇癪《かんしゃく》を起こしたように叫んだ。

彼の背に手を当てていたヴィクトールが、その大声に頬を引っぱたかれたかのようにぱっと顔を上げた。

驚きをうかがわせて望月から身を引くヴィクトールと、杏はすばやく視線をかわす。が、なぜ望月が突然怒り始めたのかお互いに理解していないことに気づき、ひたすら困惑する。

「これはなんの嫌がらせなんだ！」

望月は片手で乱暴に額の汗を拭うと、杏とヴィクトールを激しく睨みつけ、さらに声を張り上げた。

「望月さん、あの、嫌がらせってなんのことでしょうか？」

杏はあたふたとカウンターを出て彼のほうへ近づこうとした。ヴィクトールは望月から数歩離れたところで硬直している。

「どうか落ち着いてください。……私たちはなにか失礼なことをしてしまったでしょうか？」

望月が激高する理由を聞き出すためにも、ひとまず冷静になってもらわないと。そう判断し、杏は狼狽《ろうばい》を隠して丁寧に呼びかけた。

しかし望月は警戒を強めたように語気荒く吐《は》き捨《す》てる。

「こんなふざけた真似をして、あなたたちはまさか、私を脅《おど》すつもりなのか」

「脅す？　なんのお話ですか」

物騒な言葉に、杏はしばし呆気《あっけ》に取られた。

先ほどの様子から、シェーカーチェアがおそらく彼の癇《かん》に障《さわ》ったのだろうということは推測できるが、なぜそれが脅迫《きょうはく》につながるのだろう。

「当店の商品になにか問題でも――」

「私はなにも知らない!!　なんの関係も、責任もない！　あなたたちがどういうつもりかは知らないが、私を脅したってなんの得にもならないぞ！」

「は、はいっ」

怒鳴り声に打たれ、杏は直立不動でうなずいた。大人の男の大声は、杏に、暴力を振るわれるのと同等の恐怖心を抱かせた。畏縮《いしゅく》してしまい、動けなくなる。

こちらの怯えに気づいたらしく、望月がはっとしたように黙り込む。だがまだなぜか「杏たちが彼を脅そうとした」という勘違いにとらわれているようだった。怒りと疑念を濃厚に宿した目でしばらく杏たちを見据《みす》える。

「あ、あの……」

また怒声を浴びせられる恐怖に震えながらも杏が声をかけると、彼はようやく目を逸《そ》らし、何度も執拗《しつよう》に顔の汗を拭った。指にぶつかってずれた眼鏡の位置を、深い溜息とともに直す。

「……すみませんが、やはりどうも具合が悪くて」

激高した理由には触れず、そらぞらしさを感じる冷たい口調で望月が言う。

「取材の件はあらためて連絡させていただきますので、今日はここで」

望月は、杏たちに口を挟《はさ》む隙《すき》を与えることなく、逃げるように店を出ていった。

狐《きつね》に化《ば》かされたかのような気分だ。杏は放心状態で、立ち去る望月の背を見送った。

(ど、どういうことなの?)

車中でもとくに失礼な態度は取っていないはず——いや、工房では言い訳できないくらいに非礼を働いてしまったか。しかしヴィクトールの失言については寛容に笑って流してくれていたじゃないか。

時間を置いたらやっぱり腹が立ってきたとか?

けれどもそれが正解だとは、想像した杏自身、まったく信じられない。

「ヴィクトールさん……」

杏は困り果て、いまだ硬直しているヴィクトールに顔を向けた。

目が合った瞬間に身の強張りがとけたのか、ヴィクトールは小さく息をつき、非常に憂鬱そうな表情を浮かべてこちらに近づいてきた。気怠《けだる》げな動きでカウンター席に座り、突《つ》っ伏《ぷ》す。

杏は彼の金色の髪をしばらく見下ろしてから「なにか飲み物を用意しましょうか？」と尋ねた。

「……濃いめのハーブティー」

「はい。少し待っていてください」

カウンターの引き出しからカップを取り、湯を沸《わ》かす。カウンターにはちょっとした飲み物を用意できる小さな流し台がある。はじめは来客用の紅茶と珈琲《コーヒー》程度しか置いていなかったのだが、杏がこそこそとジャスミンティーの茶葉を用意するようになったら、いつの間にか他の種類の飲み物も増えていた。雪路などは自分用のコーンスープまで置いている。

「……人類が憎い」

「あっ、嫌い、から、憎い、にまでレベルアップしてる」

「するだろ。少し親切にしたら、これだ」

声音ににじむ絶望感がすごい。

「望月峰雄という男は、いったいなんなんだ」

「ヴィクトールさんもなぜ望月さんがあんなに怒り始めたのか、理由がわかりませんか？」

「わからないし、わかる気がしない。わかりたくもない」

ヴィクトールは突っ伏したまま、念を押すように繰り返した。

「最近の人類って、調子に乗りすぎじゃないか？」

杏は笑わないようがんばった。そんな、望月を人類代表のように言われても。

「もう誰とも関わりたくない。誰とも話したくない」

杏は、カップに湯を注ぎながらちらりとヴィクトールを見やった。彼は自分の腕に顔を乗せて呻《うめ》いている。

「ということは、椅子の話ももうしたくないと」

「それは別腹だろ……」

今度は堪え切れず笑ってしまった。そんな、椅子談義をスイーツのように言われても。

（まさかヴィクトールさんの変人っぷりに癒《いや》される日がこようとは）

突然豹変《ひょうへん》した望月の怒鳴り声が杏の心を強張らせていたが、笑ったおかげで少しほぐれたようだ。

「でも、誰とも関わらなかったら、椅子の話ができませんよ」

なにせ、憎いレベルに到達してしまったし。

そうからかいをこめて言えば、

「高田杏はいいんだよ」

という返事を寄越される。

「……はい？　私？」

「君は素直に俺の話を聞いてくれるし、なにも知らないからこそ純粋な興味を持ってくれる」

杏は、うっと息を詰めた。知識ゼロであることはとっくに見破られていたか。

（これを特別扱いと受けとめて喜ぶべきか、楽しく話を聞いてくれる相手なら誰でもいいのかと嘆《なげ》くべきか）

どう判断すべきか悩ましいところだ、と考え込んだ後で、ふと気づく。

……ひょっとして、特別も特別なのではないだろうか？

杏のことだけは嫌いじゃない、と言っているも同然のような――いや、「杏だけ」とは言っていなかったけれども！

「……じゃあヴィクトールさん、私がそばにいないと、誰とも会話をしないことになります」

言った直後に後悔した。

（攻めすぎか、私!!）

これこそなにを調子に乗っているのかと引かれそうだ。そう焦るが、うまい言い訳がぱっと思いつかない。

しかし、そんな焦りは杞憂《きゆう》のようだった。

「しないよ。しなくて結構だ。高田杏とだけ話すよ」

本当に「杏だけ」になった。

「口はひとつしかないんだから、話せる相手だって一人でじゅうぶんだろ」

ヴィクトールは自分の腕に頭を乗せたまま、呻くように告げる。

これは絶対に深く考えていない発言だ。よくわかる。わかりすぎるほどわかる。が、理解と感情は重ならないわけで。

(軽はずみに私を特別扱いしてくれちゃって!)

ヴィクトールの乱れた金色の髪を思い切り撫でたい衝動に駆られ、杏は心底困った。人生経験豊富な大人のくせに、夢見る年頃の女子高生をこんなに悩ませるとは。本気で好きになったらどうしてくれるのか。

「……ヴィクトールさんがめちゃくちゃ不細工になって背も縮《ちぢ》んで、なおかつ誰に対してもアグレッシブになる呪《のろ》いをかけたい」

「はあ? なんだいきなり」

ヴィクトールが驚いたように頭を上げる。

杏は彼の視線を無視しながら、ハーブティーをいれたカップをカウンターに置いた。

「呪いってなんだ。どういう意味だ」

「別に」

冷たくかわすと、ヴィクトールは目を見開いた。

(でもどんなに不細工かつ社交的な人間に変わったとしても、楽しげに椅子の話をされたらつい聞いてしまいそうだ……）

誘惑に負けて、ほうほうなるほどと興味深く椅子談義に耳を傾ける自分の姿が容易に浮かび、杏は頭を抱《かか》えたくなった。

「はあ、私も人類が憎い……」

「俺を人類に入れるなよ」

いや、あなたもしっかり人類ですって。

ヴィクトールはじっとこちらを注視しながら、カップを口に運んだ。なにを言えばいいか迷っているらしい。……たまにはヴィクトールも、杏のことで悩めばいいのだ。

「……猫缶の供物《くもつ》を最近君にやっていないから、それで怒ったのか？」

「待ってください、話の脈絡はどこに。だいいち私、猫の霊じゃないんですけど」

本当にこの人の思考回路はどうなっているんだろうか？

「そういえばヴィクトールさん、私がバイトを休む少し前あたりから、なぜか直接猫缶を渡してくるようになりましたよね。なんでですか？」

以前取り扱ったダンテスカというアンティークチェアが原因で、店にポルターガイストが頻《ひん》発《ぱつ》したことがある。その時猫の霊も関わっていたことを知り、速《すみ》やかに成仏《じょうぶつ》してもらえるように猫缶をお供《そな》えしていたのだが——。

「別に」と今度はヴィクトールが目を逸らして冷たく告げた。

「教えてください。どうしてですか?」

杏はもう一度尋ねた。ヴィクトールは鬱然《うつぜん》としていることのほうが多い変人だけれども、こういう場面では意地悪をせず、負けてくれるのだ。

「……理由なんてひとつしかないだろ。君が猫の霊に取《と》り憑《つ》かれないようにだよ」

「え、私、さすがに猫の霊に取り憑かれるようなことはないですよ!」

明るく答えたら、ヴィクトールは意味深な様子で黙り込んだ。

なんだろう、その「なにも知らないって幸せだよな」とぬるく見守るような表情は。

「ヴィクトールさん?」

しかし彼は杏の視線を振り切ると、再び先ほどの話を蒸し返してきた。

「俺も答えたんだから、高田杏もさっさと答えなよ。なぜ俺に呪いをかける」

それを説明するとなると、知られたくない感情まで差し出さねばならなくなる。でもヴィクトールは追及をあきらめそうにない。

杏は、もっとも無難な本音をひとつだけ打ち明けることにした。

「……ヴィクトールさんが死にたくならないよう、今より社交的になればいいなと」

「まったく望んでいないよ。やめてくれ」

お互いなにかを隠しているなあ、とわかりつつも言い出せないこの不自然な空気。視線を交わして探り合ったのち、ヴィクトールが渋々といった表情で嘆息《たんそく》する。

「高田杏はたまに謎掛《なぞか》けみたいな発言をするよね。俺、戸惑っているからな？」

むしろ杏の反応なんてわかりやすすぎるくらいだろう。ヴィクトール以外には！

これ以上余計なことを言うと藪蛇《やぶへび》になりそうだ。

杏は話題を変えることにした。

「それにしても望月さんは本当にどうしたんでしょうね」

ヴィクトールはまたもぐったりとカウンターに突っ伏した。興味ない、話したくない、知りたくない、と言いたげな態度だ。

この人もわかりやすいなあ、と杏は小さく笑う。

「ボックスシートを見た時もおかしかったですし。単純に具合が悪くなっただけっていう反応には見えませんでした」

と、疑問を口にしたところで、杏は嫌な考えに行き当たった。

「まさか……ダンテスカの時みたいに、あのボックスシートもなにかいわく付きだったりとか」

「高田杏。俺は知っているぞ」

「はい？」

ずるりと疲れたような動作で顔を上げたヴィクトールが、乱れた髪の間から杏を濁った目で見つめる。

「それって、フラグと言うんだろ？」

「……冗談ですから！」

言わなきゃよかった。現実になったら大変ではないか。

杏とヴィクトールは数秒、無言で睨み合った。空調のかすかな音だけが店内に響く。

……なんだか、妙に背筋がぞくぞくしてきたような。

先に目を逸らしたのはヴィクトールだ。

「君にあとで猫缶を二つ、供える」

「私に供えられても！」

杏は震えた。もうその言い方って、不吉な未来を見据えてのものじゃないだろうか？

再びこちらを向いたヴィクトールの目は、はっきりと杏を責めている。

フラグが立ったらおまえのせいだからな、という心の声が透けて見える。

そんなのヴィクトールさんの気のせいに決まっている——。

と、願う時に限って、フラグというのは立つらしい。

3

次に杏《あん》がバイトに入ったのは、その週の水曜日だ。

通常は週に三回で、土日はフルに入り、平日は水曜日のみ。夕方の十六時から閉店まで店番をする。ただし、これから夏休みが始まるため、もう少し店に入る日数が増えるかもしれない。

――その日、杏が「柘倉《つくら》」に到着したのは十五時四十五分だった。はじめの一ヵ月はヴィクトールか雪路《ゆきじ》が店の鍵《かぎ》を開けてくれていたが、今は杏もスペアキーを渡されている。

（ただのバイトなんだけれど、信頼してもらえたのかも）

そう思うと、鍵を使うたびにむずむずとした気持ちが生まれる。

杏が来る時間まで誰かが店番をしていたのだろうか。扉に鍵はかかっていたものの、既にシャッターは開けられている。店内は生《なま》ぬるい温度だが、汗がひけばちょうどよく感じるだろう。

「高田《たかだ》でーす……」

念のために声を上げてみたが、返事はない。やっぱり杏が来る時間を見越して、本日の店番担当の職人は工房に戻っていったようだ。

杏は急いでバックルームに向かい、店の制服に着替えた。夏仕様のクラシカルなワンピースにローヒールのパンプス。今日は寝坊したせいもあって髪の毛を下ろしている。学校ではシュシュで適当にまとめていたのだけれども、水玉模様だから、ワンピースの大人っぽい雰囲気にはちょっと合わない……。

(でも今の季節は髪を下ろしていると暑いんだよね。お店で使う用のバレッタとか買ってこようかなあ)

そんな他愛《たわい》もないことを真剣に悩みながら、いったん外に出て扉のサインボードをオープン側に引っくり返す。入り口の扉の横にある羽根ペンモチーフのデザインチェアに、店に来る前に買ってきた猫缶をお供《そな》えしておく。

(私に取《と》り憑《つ》くのはやめてください……)

ヴィクトールが変なことを言っていたので、つい真剣に手を合わせてしまう。

さて次は業務日誌の確認をするか、とカウンターへ目を向けた時だ。

突然、くらりとめまいがした。

(なんだろ、急に耳鳴りまで)

目を瞑《つぶ》り、耳の奥がきゅうっとするような不快な感覚をやりすごす。よくわからないが、嫌な感じがする。店内の温度が突然下がったみたいに、肌が粟立《あわだ》つ。いや、こんなふうに考えるのはよくない。ただのめまいだ。今日も暑かったし、コンビニから走ってきたせいもあって少しくらっとしたのだろう。

そう自分に言い聞かせ、ゆっくりと息を吐きながら瞼《まぶた》を開き——。

「ひ」


鼻がくっつきそうな近さで、真っ白い顔の女がさかさまに杏を覗きこんでいた。

女の長い髪はだらりと無造作に垂《た》れ下《さ》がっている。身体がどうなっているかは、顔の距離が近すぎてわからない。

はっきりとわかるのは、女の目だ。塗《ぬ》り潰《つぶ》したかのような真っ黒い目が、ただひたすらに杏を見つめている。

(瞬《まばた》き、できない)

全身が恐怖一色にそまる。

呼吸もできない。声も出せない。指一本動かせない。

それをしたら、どうなるのか。どんな反応をされるのか。

怖くてとても試せない。

『な、い、しょ』

女がささやいた。ぞっとするほど低い声だった。瞳同様、開かれた口の中も真っ黒で、そこからへどろのような不快な匂いが漂《ただよ》ってくる。

女は、色のない唇を動かして、ささやき続けた。

『ずっと一緒、内緒、一緒』

杏は悲鳴を上げないよう、必死に唇を噛みしめた。足元から寒気が這《は》い上《あ》がってくる。いや、恐怖で足の感覚がない。

『死ぬまで一緒、死んでも内緒』

つうっと、こめかみに汗が伝う。心臓は破裂しそうな勢いでどくどくと鳴っている。

『私とおまえはずっと一緒。逃がさないよ、くっついてくっついて逃がさないくっついて』

女がにんまり笑った。嘲笑《ちょうしょう》に近いような、身の毛もよだつ表情だった。

杏は堪《こら》え切《き》れず、悲鳴を上げかけた。その直後、どさっと乱暴に落としたかのように、黒い染みの浮かぶ両腕が女の顔の横に垂れ下がった。ぶらんぶらんと頼りなく揺れたのち、女の腕が不自然にぎこちなく上がり、杏の頬に触れる。染みが浮かぶその白い手は氷のように冷たく、鼻を覆《おお》いたくなるほどの強烈な腐臭《ふしゅう》を放っていた。

女が、黒い口内から、中と同じくらい黒い舌をずるずると伸ばす。

それが、瞬きすらできないでいる杏の睫毛《まつげ》に触れそうになった時。

カラン、と扉のベルが鳴った。

その途端、全身の金縛《かなしば》りからも解放される。

「――ちょっと、この店ってどうなってんのよ」

吐き捨てるような女の声がフロアに響き、杏は勢いよく振り向いた。店に入ってきたのは、日曜日にも見かけた例の口紅の女だった。

「開いてる日、ほとんどないじゃないの！　客を馬鹿にしてんの⁉」

「も――申し訳ありません」

とっさに謝罪《しゃざい》してから、杏はあちこちに視線を投げた。女幽霊は既に消えていた。

「なにきょろきょろしてんのよ、気味の悪い子ね！」

女の客が険《けわ》しい目つきで杏を見下ろす。以前と同様の恰好《かっこう》をしていた。時代遅れのジャケットに、白いタイトスカート。汚《よご》れたパンプス。

「返事もできないわけ⁉」

女性客の罵声《ばせい》が続く。

早く取り繕《つくろ》わねばと思うも、先ほどまでの恐怖が身体から抜けず、すぐに返事ができない。心臓は今も激しく鼓動《こどう》しているし、喉だってからからだ。手足も震えっ放し。倒れずにいるのが奇跡のようだ。

この女性客が店に来てくれなかったら、自分はいったいどうなっていたのか――。

「あんたなんか、どうせただのバイトなんでしょ？　こんな高級家具の価値とかわかんの？　接客だってまともにできてないでしょうに！」

女性客は、昨日と、その前の時も杏がさぼっていたと決めつけて高圧的に怒鳴りつけた。もしかすると彼女は商品を買う気など微塵《みじん》もなく、たまたま目にとまった杏になんでもいいからクレームをつけたくて、ここまでやってきたのかもしれなかった。

「ここってあんた以外は男しか働いてないんじゃなかった？　そうなんでしょ？　馬鹿な男たちにちやほやされて、なんの苦労もせずお金をもらおうだなんて、本当に最近の子ってどうなってんのよ」

彼女の甲高《かんだか》い声のせいか、めまいがひどくなる。頭を両手で摑まれてぐるぐると回されているかのようだ。

「聞いてんの？　もっと真剣にやんなさいよ」

コンビニやスーパーみたいに人の出入りが激しいわけじゃないこの店にも、こういう妙な言いがかりをつけてくる客が時々やってくる。たまりにたまった鬱憤《うっぷん》をはらすためなのか、人を見下すのが単に楽しいのか、彼らの抱《かか》える事情など知りようもないけれど。

だが今の杏にとって、彼女は救世主に等しかった。

どれほど罵《ののし》られようとかまわない、とにかくここにいてほしい。

杏は謝罪を繰り返しながら、じんわりと熱を持ってきた目元を指先で拭《ぬぐ》った。

（頭がぐらぐらする）

久々に、本気の恐怖を抱《いだ》いたと思う。幽霊を目にし、さらに腐臭まで感じるなんて滅多にない。それだけ力の強い危険な霊が出現したという証拠だ。

（完全に店から消え去ったとは思えない）

まだこんなにも頭痛とめまいがする。指先にもぬくもりが戻らない。

――ヴィクトールの椅子談義のおかげでアンティークチェアが好きになったし、狭《せま》かったこれまでの自分の世界にも奥行きが生まれた気がする。職人たちも親切だからここの仕事は好きだ。買いたい椅子だってある。

でも、さすがに今回みたいな恐ろしい心霊現象が繰り返し起きるようだと、バイトを続けられる自信がない……。

「……な、なによ。泣けばすむとでも思ってんの？ 狡賢《ずるがしこ》い子ね」

杏が涙ぐんだのは今しがた味わった恐怖体験のせいなのだが、女性客は自分の発言が原因だと誤解したらしい。怯《ひる》んだ様子で頬を引きつらせる。

「本当、買う気失《う》せるわ！」

きまりが悪くなったのか、それとも言いたいことをすべて言って満足したのか。女性客が捨て台詞《ゼリフ》を吐いて出ていこうとする。その彼女の背に、杏は大きく礼をした。

「ご不快な思いをさせてしまい申し訳ありませんでした。私は職人じゃありませんが、お店の椅子はどれも本当にすばらしいものだと思っています。お客様のまたのお越しをお待ちしております。今度はぜひフロアの展示品を見ていただけたら嬉しいです」

客が足をとめ、怪訝《けげん》そうに振り向いた。

「それ、本気で言ってんの？」

「はい、またぜひ」

作った。

こちらの感情を推《お》し量《はか》るかのような目つきをしたのは一瞬で、すぐに彼女は不機嫌な表情を作った。杏が皮肉を言ったのだと受けとめたらしい。だがそれは杏の本心だった。工房の職人たちが手がける椅子はどれも心がこもっていて、独自のアイディアが詰まっている。もしもなにか惹《ひ》かれるものを感じてくれたのなら、また見に来てほしいと思う。

「——だったら、ちゃんと働きなさいよ」

顔を上げた杏を冷ややかに見下ろすと、女性客は嫌味っぽく鼻を鳴らし、今度こそ店を出ていった。カランと鳴るベルの音を最後に、再び店内に静寂が戻る。じわじわと不穏な気配が忍び寄ってくる。

（嫌だ、怖い）

杏は今すぐ店を出て客を引きとめたい衝動に駆られた。だって、だめだ。まだだめだ。去っていない。そこにいる。ほらまたいる。絶対にそこに——。

線路はつづくよ　どこまでも
野をこえ　山こえ……

歌声が聞こえた。さっきも聞いた、女のものとは思えないような低い声だ。

JASRAC出2000724-001

杏は唇を震わせながらぎくしゃくと振り向いた。振り向きたくなんかなかったのに、なぜかそうせずにはいられなかった。

店内のライトはついたままのはずが、驚くほど薄暗く感じる。だがシェーカーチェアだけ、ぼんやりと浮かび上がって見えた。

杏はその場にへたり込みそうになった。

シェーカーチェアに、襟《えり》つきの黒いワンピースを来た女が膝を抱えて座っていた。さっきの女幽霊だった。

あぁそれだけじゃない。足首。誰かが杏の足首を摑んでいる。まるで床の下の、もっと深く暗い場所へ杏を引きずり込もうとするように。

(霊は、一体だけじゃない?)

肩が重い、息苦しい。だが空気を肺に取り込もうとすればするほど呼吸が乱れる。

酸素が足りないせいで、めまいがおさまらないのか。

(どうしよう――)

ヴィクトールや雪路、親しいクラスメイトたちの顔がぐるぐると頭の中を回転した時だ。

にゃん、と叱《しか》るような強さを持った猫の声が聞こえた。

途端、ぱんっと風船が割れたかのような音が響き渡る。

奇妙なことにその音は、杏の目の前で聞こえた気がした。杏は驚き、反射的に瞼をきつく閉ざしてしまった。

「――」

少しして、静寂を肌で感じ取り、警戒しながら目を開ける。

杏はそこで、途方に暮れた。

――なんで？

店内にはやわらかな橙色《だいだいいろ》の明かりが満ちている。シェーカーチェアには誰も座っておらず、自分の足首も無事。誰も摑んでなどいない。音が響き渡る前に、なにかを叱責《しっせき》するような猫の声が聞こえた気もするが、もちろん店内には杏しか存在しない。

杏は緩慢《かんまん》に店内を見回したのち、震える足を動かして入り口のほうへ行き、扉を開けた。静かな車道を見やってから、扉の横に展示してある羽根ペンモチーフのチェアへ視線をずらす。

そこの座面にお供えしていたはずの猫缶が、なぜか消えていた。

その代わり、一冊の古い文庫が置かれている。

カバーは外されており、最初の数十ページに開き癖《ぐせ》がついていた。端のほうはこすれて丸くなっている。

杏はそれを手に取り、作者名を確かめた。佐々木丸美《ささきまるみ》という女性作家の本だった。

もしかすると、言いがかりをつけて杏を一方的に責め立てていた赤い口紅の女性客の、忘れものだろうか。その場合は近いうちに取りにくる可能性もある。杏は文庫本をそっと抱えた。

そういえば、いつの間にかシェーカーチェアから「SOLD」のカードが消えている。
そのことに、今気づいた。

4

結局、恐怖の心霊現象に関しては誰にも打ち明けられないままその日のバイトを終え、杏《あん》は帰路を辿《たど》ることになった。

次のバイトは土曜日。これまで楽しく仕事をしてきたが、またあの女幽霊が現れたらと思うと憂鬱《ゆううつ》でたまらない。霊感はあっても、しょせんは単なる素人《しろうと》。霊能者のように除霊ができたり口寄せができたりするわけじゃないのだ。そういう職業に就きたいわけでもない。できることなら一生関わらずにいたいくらいだが、現実って、ままならない。

(行きたくないなあ)

こうなったら仮病を使って休もうか。そんな無責任な考えに傾きかけたが、脳裏《のうり》をよぎった赤い口紅の女性客の姿が杏に待ったをかける。

彼女が吐《は》き捨《す》てた「真剣にやんなさいよ」という言葉が、思いの外《ほか》深く杏の胸を刺している。

(もう少しだけがんばる? でも精神的にめちゃくちゃきつい)

週末なんて来なければいいという祈りも虚《むな》しく日々はすぎ、とうとう土曜日を迎えてしまう。

そして朝の九時半、杏はしかめ面で「柘倉《つくら》」の前に立っていた。

辞めようかさぼろうかなどとぐらぐら迷いつつも、この数日の間に近隣の神社を回ってお守りを十個も買ったし、塩もお徳用を一袋持ってきている。お供《そな》えのためのカリカリと小皿も用意した。たまには猫缶ではなく、こっちを供えてみるのもいいだろうと思ってだ。……缶だと、暇《ひま》を持て余したヴィクトールが杏の頭や肩に載せようとするし！

杏は、ふーと深く息を吐き、店のシャッターを開けた。開店時間前なので、扉に下げているサインボードはクローズのままにして、店内側から鍵をかけておく。

(怖くない、私は大丈夫！)

呪文のように胸中で念じながらすばやく店内の明かりをつけ、荷物をカウンターにおろす。その後、真っ先にしたことは、盛り塩と、お供え用のカリカリの準備。

絶対にそうだと言えるほどの確証はないが、水曜に心霊現象が起きた際、ダンテスカに取《と》り憑《つ》いていた猫の霊が杏を守ってくれたような気がするのだ。

(違うのかな。成仏《じょうぶつ》してほしいような、もうちょっと待ってほしいような！)

供物《くもつ》の支度《したく》を終えたのち、バックルームに入って店の制服に着替える。

靴《くつ》を履《は》き替《か》えていると、扉のベルが鳴る音が聞こえ、杏は中腰の体勢のまま動きを止めた。

(え、なんで。まだ開店時間じゃないから、扉の鍵《かぎ》は閉めてきたのに)

すうっと血の気が引くのが自分でもわかった。

激しくなる鼓動《こどう》を押さえつけるように、杏は胸の前でぎゅっと手を合わせ、フロアの様子をうかがった。

かすかに足音が聞こえる。それが、まっすぐに杏のいるバックルームに近づいてくる――。

(嘘、嘘嘘！　こっち来ないでよ……！)

店に入った途端に心霊現象が発生するとか、そんな恐ろしいハプニングはこれっぽっちも求めていない。

恐怖で身が強張《こわば》った。またあの女幽霊が出たのか。盛り塩もしたしお供えだってしっかりしたのに。

足音が、バックルームのドアの前でとまる。

そして、コンコン。

杏はひゅっと息を呑んだ。

コンコン。

コンコン。

ドアがノックされる。

(やめて)

膝の力が抜け、杏はその場にへたり込んだ。

また、コンコン。

（いや、やめて）

来ないで。もうわかったから。見たことは「内緒」にするから。ここから逃げないから、お願いだから——私にくっつかないで。

杏は両手で自分の口を押さえた。息がうまくできず、乱れたその呼吸音がドアの向こうに存在する「恐ろしいモノ」に聞こえてしまうんじゃないか。そんな不安が湧き、うろたえずにはいられなかった。

誰か助けて、と胸中で叫んだ直後。

「……杏？」

躊躇《ためら》いがちに名を呼ばれ、杏はドアを凝視《ぎょうし》した。その向こうにいる者の正体を確かめるように。

「あれ？　裏にいんのかな？　おーい、杏？」

幽霊の声じゃない。

雪路《ゆきじ》だ。

「ゆ、雪路君？」

「おっ、いた。……あっ、悪い、着替え中か！」

なにを想像したのか、ドアの向こうで慌てている。

「やっべえ、開けなくてよかった……！」というつぶやきも聞こえてきた。

杏は反射的に立ち上がり、ドアに飛びついた。ノブを引っこ抜く勢いで捻《ひね》り、内側に開け放つ。

そこに立っていたのは間違いなく雪路だった。グレーのパンツにTシャツという気楽な私服姿だ。

「うおっ⁉　おおっ……おー…、な、なんだ。着替え終わってんのかよ」

動揺しながら顔を背《そむ》けかけていたくせに、雪路は杏の全身をちらっと見るといかにも残念そうな口調で言った。

「本物だ……」

これは本物の雪路だ。幽霊じゃない……。

(助かった)

恐怖に凍り付いていた心臓が息を吹き返したような気分だ。湿り気を帯びていた冷たい空気も、快適な温度に戻っている。嫌な腐臭《ふしゅう》もきれいさっぱり消えていた。

「雪路君……、ありがとぉ……」

杏は思わず彼の腕を、がしっと掴んだ。彼の登場で救われた、という感謝もあったが、なにかに縋《すが》っていないとこのまま倒れてしまいそうだったのだ。

「ほんと、よく来てくれた……！」

「お、おう⁉　なんかわかんねえけど、すごく喜ばれているな俺⁉」

雪路が動揺丸出しの声で言う。

「もしかして、バックルームに百足《むかで》とか蜘蛛《くも》でもいた？　外に出してやろうか？」

「違う。違うんだけれど、出たことは出た……」

「どっちだよ！」

杏も恐怖と混乱を完全には拭《ぬぐ》い切《き》れていない状態なのだ。ここでなにが起きたのか、まだきちんと冷静に説明できそうにない。

「えっ、なに？　杏、泣いてる？　まじでどうしたんだ⁉」

おろおろしていた雪路が杏を見下ろして、驚いたように眉《まゆ》を上げる。

「泣いてない……」

「いや涙目になってんじゃん。なにが出たんだよ？　あ、蛇《へび》？　蛇だろ？　ここら辺、たまに小さい蛇が出んだよなあ」

俯《うつむ》く杏の顎《あご》を、雪路は片手ですくい上げ、心配そうに顔をのぞき込んでくる。顎を支える指はあたたかく、その熱がじんわりと肌の奥にしみ込んでいった。

「蛇じゃない……」

というか、店の周辺に蛇が棲息《せいそく》しているのか。

雪路とのどこかズレているのんびりした会話のおかげで、心に多少の余裕が生まれたようだ。

杏はぎこちなく微笑《ほほえ》み、彼の腕から手を放して目元を拭った。雪路も杏の顎から指を下ろす。

「泣いてない、大丈夫。これは、ちょっと目に塩が入っただけで」

困り顔の雪路に、そんな冗談を言う元気も戻ってきた。

「塩って。なんでだよ。入んねえよ」

雪路が呆《あき》れたように笑う。

杏も今度こそ自然な笑みを浮かべることができた。しかしまだ恐怖はしつこく身体の芯《しん》に残っている。もう少しだけ気持ちを落ち着かせる時間がほしい。そう考えて杏は、こちらの様子をうかがう雪路から視線を外し、当たり障《さわ》りのない質問を投げかけた。

「雪路君、今日は早いね。どうしたの？」

杏が話を逸《そ》らそうとしたからか、雪路はわずかに顔をしかめた。それでも優しい彼は杏の質問に答えてくれる。

「あー…、いや。別になにがあったというわけではありませんが」

「丁寧語」

杏が笑みを深めると、雪路は気まずげな表情を作った。

「やー、まじでさ！　すげえ気にしているわけじゃないんだけども」

「うん」

「えー、高田《たかだ》さん。俺の勘違いでなければ、前のバイトの時からなんか元気なさそうっていうか。あれ待てよ、学校でも俺、この頃高田さんに微妙に避けられてませんか、と思い至《いた》って、どうしてかなー…と」

「高田さん呼び」

「顔か？　やっぱ俺の顔が怖かったですか？」

どうやら杏の様子がおかしいことに前々から気づいていて、悶々《もんもん》としていたらしい。

クラスは別だが雪路とは、学校でも話をするようになっている。おすすめの音楽を教えてもらったり、そのお礼にお菓子を作って渡したり。でも確かにこのところ、少しだけ雪路を避けてしまっていた。決して彼の顔が怖いわけではなく、バイトを続けるかどうかで悩んでいたためだ。

「ごめん、雪路君はなにもしていないよ。ちょっと他に理由があって」

「理由って？」

このままバックルームの出入り口で話し合うのもなんなので、杏は視線で雪路を促《うなが》し、フロアのほうへ向かう。

「俺が原因じゃないなら……、武史《たけし》君や小椋《おぐら》さんの顔のせい？」

「顔から離れよう、雪路君」

そこまで自分たちの悪人顔を気にしていたのか。

「ヴィクトールの顔は別に怖くないよな……。いや、あの人の場合は性格に難が」とぶつぶつひとりごと漏らす雪路を横目で見ながら、杏はフロアの様子をすばやく確認する。

どこにもおかしな気配はない。橙色《だいだいいろ》の光が、フロアに並ぶアンティークチェアを優しく照らしている。オーク材のツイストレッグのチェア、飴色《あめいろ》に輝くヴィクトリアンチェア。グリーン色の座面が華《はな》やかな、ダイニングチェア。杏が生まれる前から存在する椅子たちが、静かにそこに並べられている。

(幽霊も、アンティークチェアに惹《ひ》かれて寄ってきたのかな)

杏は無意識にぶるりと身を震わせた。

古い椅子には独特の重厚さ、力強さがある。そしてほんの少しだけ、その古さに、たとえようのない怖さを感じてしまう。

「バイトに関する悩みなんだよな？　学校とか家の事情とかじゃなくて」

雪路が、飴色のヴィクトリアンチェアの横で足をとめ、その背もたれに軽く触れながら杏の返事を待つ。

杏はどう返答すべきか迷った。

「……つか、うちの店に関する悩みっていうなら、まず『アレ』が関係しているんじゃねえかなって思っちゃうんだけど」

もっと返事に迷った。

(大正解、って言っていいのか……)

杏たちの中で交わされる「アレ」とは、幽霊のことだ。

言い当てられて、杏は俯いた。

「ちょっと待て。まじでそれ？　……ひょっとしてさっき怯《おび》えていたのもまさか、アレが出たせいなのか？」

「……」

「沈黙が答えになっているじゃねえか！　え、待って。お守りの杏が泣くくらいのアレが出たってことかよ」

途端に雪路が青ざめる。

「……ごめんね、私程度のお守り効果じゃ、怪異に打ち勝てなくて」

「嘘だろ。俺、なにも聞かなかったことにする！」

こうなったら一蓮托生《いちれんたくしょう》。すべてを雪路に話すしかない。そして一緒に震えてほしい。

「二人で悩めば、怖さも半減するかもしれないよね」

「しねえよ！　俺、昨日もポケットに入れていたお守り袋が行方《ゆくえ》不明になってんだぞ」

「あのね、この間、シェーカーチェアに女の幽霊が座っていたんだ……」

「やめろって！」

耳を塞《ふさ》ごうとする雪路に、杏はゆっくりと近づき、言葉を繰り返した。

「座ってた。あそこに置かれているシェーカーチェアに、黒いワンピースの幽霊が」

「目の錯覚《さっかく》だ！　ほらよく見ろ杏、あの椅子に幽霊なんか座ってねえよ!!　――あ？」

問題のシェーカーチェアを勢いよく指差した雪路が、急に固まった。

よせばいいのに杏もつい、スキップフロアの近くにあるシェーカーチェアへ視線を向けてしまう。

「――な」

「――え」

杏たちは、妙な声を上げた。

そのシェーカーチェアに、誰かが膝を抱《かか》えて座っていた。

(嘘)

長い髪の女だ。腕は青白く、黒いしみが浮かんでいる。

気がつけば、また空気が淀《よど》み、ひんやりしていた。

雪路が思わずというように杏の腕を掴み、引き寄せる。

その時、自分の膝に顔を伏せていた幽霊が、杏たちの視線に気づいたように、ぎぎぎと頭を上げ――。

息を詰めた雪路が杏の腕を掴む手に力を込め、いきなり走り出した。杏は転びそうになりながらも彼に引っぱられるまま足を動かし、店を出た。

そのまま走り続けようとする雪路に、「鍵っ、鍵!」と杏は叫んだ。たとえ幽霊が出ようとも、店を無人の状態で開けっ放しにするわけにはいかない。

雪路はくるっと身を翻《ひるがえ》すと、乱暴に扉の鍵を閉め、再び杏の腕を摑んで夏の日差しが降り注ぐコンクリートの上を走った。

途中で杏のパンプスが脱げるというトラブルもあったが、なんとか無事に逃れられたようだ。背後から女幽霊が追ってくる気配はなかった。

そうして、恐怖のあまり能面のような顔になっている雪路とともに、工房へ駆け込んだ。

二人で工房の床に座り込み、荒い息を整えたあと。

「……杏、椅子に座りな。スカート汚れる。一応掃除はしているけど、ここの床、木屑《きくず》すげえから」

ふと気づいたように雪路が言い、杏の手を取って立ち上がらせた。

「ほら」と誘導された椅子に、杏は抗《あらが》うことなく腰かける。

——そのあとで気づいた。

(これってボックスシート)

あらかたの修理はすんだらしく、体重をかけても脚がたつかない。背の板張りもきれいに直されている。

ベンチに似た形のこの椅子が、先日見た鉄道のボックスシートだとすぐに気づかなかったのは、座面まで張り替えられていたからだ。新しく美しい青の天鵞絨《びろうど》。『銀河鉄道の夜』にも同じ座面が登場する……。

そんな余計なことを思い出したせいなのか、急にめまいがし始めた。同時に寒気も感じる。

これでいったい、何度目だろうか？

まずい、という直感が働いた。これはいけない。根拠《こんきょ》はないが、きっとこの椅子に座ってはいけなかったのだ。

「あっちぃ……。飲み物買ってくればよかった」

しかし、杏が腰を上げる前に、どすんと音を立てて雪路が隣に座る。

（あ――）

その直後、ふつっと電源を切ったみたいに杏は強い眠気に襲われた。


杏は、誰かと一緒に汽車の座席に座っていた。

なんだか胸がどきどきする。後ろめたいような、はしゃぎ回りたいような、気恥ずかしいような……。複数の感情が胸の中で飛び跳ねている。

もじもじと座面の天鵞絨を撫《な》でていると、膝の上に無造作に乗せられている隣の彼の手が目に映《うつ》った。

触りたい、という欲求に突き動かされるまま、杏は彼の手をそっと握った。やがてぴくっと緊張したように揺れた彼の手が、迷いを見せる。遠慮《えんりょ》がちに杏の手を握り返した。

あぁ好きだ。杏は強くそう思った。もうどうしようもないのだ。たとえ誰を傷つけることになってもこの恋を捨てられそうにない。簡単に捨てられるくらいなら、恋ではない……。

でも、いいじゃないか、恋愛は二人でするものだ。だから他人に否定されたって、関係ない。そうでしょう?

この動かない車両の中で、杏たちは秘密の恋をする。空には無数の星。車窓からのぞけば、北十字星が輝いている。白く煙《けむ》るのは天の川。杏の好きな人は、星座に詳《くわ》しい。窓のほうへと身を寄せて、あれが白鳥座の頭だよと指をさす。一等星はデネブ、ベガとアルタイルで、夏の大三角になる……。

杏は空の星よりも、暗い車両の中で宝石のようにきらきらと輝く恋人の瞳に見惚《みと》れていた。


「——杏!!」

突然、強い声が降ってきた。

杏はぱちりと瞬《まばた》きをして、顔を上げた。隣に座っていた雪路が身を乗り出し、いつも以上に怖い顔をして杏を見つめていた。

「……雪路君？」

自分がどこにいるのか、なにをしていたのか、とっさに判断できず、杏はぼうっと雪路を見つめ返した。

（あれ——明るい？　夜じゃないの？）

なぜかそんな違和感を抱《いだ》いてしまい、杏は途方に暮れた。雪路から視線を引き剝《は》がし、あたりを見回す。

三台の作業テーブルに大型機械。壁に立てかけられている木板。窓から日差しが入り込み、宙に舞う埃《ほこり》を浮かび上がらせている。耳に滑り込むのは蟬《せみ》の合唱のみで、工房には杏たち以外に誰もいない。

（そうだ、ここは工房だ）

そう理解したあとでも違和感が胸に残り続けた。夜ではないのか。——汽車の中にいたのではなかったか。

「杏、大丈夫か？」

雪路が杏から目を離さずに問う。

「具合が悪くなったわけじゃないよな？」

「うん、平気だよ」

杏がしっかりした声で答えると、雪路は困った顔を見せた。

「びっくりした……。座った直後にいきなり寝るんだもん」

彼はそう説明しながらも、まだ探るような視線を向けてくる。

「私、今、寝落ちしてた？」

「してた。話しかけても返事がないからさあ……。無理やり走らせたせいで気を失ったのかと焦《あせ》ったよ」

「ごめん。本当に大丈夫だよ」

杏は両手を振って否定したが、冷や汗がにじむのをとめられなかった。

(眠った覚えなんて、ないのに)

時々だが杏は、急激に強い眠気に襲われることがある。それは大抵、心霊現象が起きる時でもあった。

「私、かなり寝てた？」

「いや、せいぜい一、二分。……俺が何度も呼びかけたら、起きたんだ」

「そっか。驚かせたよね。……なんかさっきので、どっと疲れたみたい」

杏はひとまずそうごまかした。まだ自分でもなにが起きたのかよくわかっていないためだ。

「だな……。俺も疲れた。そうだ、ぬるくていいなら、鞄《かばん》の中に飲みかけのウーロン茶がある」

雪路は思い出したように言うと、言葉通り疲労がにじむ動作で立ち上がった。どうやら彼は一度工房に来て、荷物を置いてから店のほうに寄ってくれたらしい。

作業テーブルの上に彼のリュックが置いてある。そちらに近づく雪路の背中を見ながら杏はボックスシートに深く腰かけ直した。

(――って私、この椅子に座っちゃいけないと思っていたはず)

はっとそれを思い出し、杏は慌てて腰を上げようとした。

その時、指先になにかが触れ、心臓が跳ねた。

(なにこれ。紙……?　写真?)

新しく張り替えられた座席の一部がなぜか破れている。座る前は破れ目などなかったのに、なぜ?

杏は息を呑《の》み、その箇所《かしょ》を食い入るように見つめた。破れ目から折り曲げられた紙片がのぞいている。

杏は雪路が振り向く前にすばやくそれをワンピースのポケットに突っ込んだ。そんな行動を取ったあとで、なぜ隠すような真似をしてしまったのかと我に返るも、振り向いた雪路の顔色が悪いことに気づいてなにも言い出せなくなってしまう。

あの幽霊を見てぐったりしているだろうことは確実で、だからこそこれ以上追い打ちをかけるような真似《まね》はしたくなかったのだ。

（私、お守りの役目を果たせていない）

もともとはポルターガイスト対策要員として雇われたのだ。ここで杏がバイトを辞めてしまうのは無責任じゃないだろうか。以前のバイトの人たちと違って、杏は店で心霊現象が起きると知った上で働き始めたのだから。

一応、ダンテスカの件は解決できたし、杏が勤める前よりかは多少怪奇現象も減っていると皆に喜ばれている。

辞めるかどうかは、今回の心霊現象の原因を突き止めたあとでもいいのでは。

塩もカリカリもまだ、使い果たしていないし！

杏はそう自分を奮《ふる》い立《た》たせた。


工房でしばらく休んだのち、心配そうに引き止める雪路に「大丈夫！」と答えて、杏は店に戻った。

どちらにせよ、開店時間になってしまっているため、店には一度戻らねばならない。

（もっと盛り塩する！　お守りもポケットに入れておく！）

ひとつひとつ決意をして急ぐものの、店が見えてくる頃にはやはり恐怖心が復活し、足取りが重くなってしまう。

扉の前に到着しても、すぐにはさっと入ることができずにいたが、羽根ペンモチーフのチェアに置いていた小皿のカリカリがなくなっていることに気づく。

野良猫が食べたわけではないだろう。小皿にはビニール袋をかぶせていた。それが外された形跡がないのだ。

だが、わざわざカリカリを盗む人間がいるとも思えない。

しばし考え込んだが、正解が見えない。杏はあきらめて扉の鍵を開け、おそるおそる店内をのぞき込む。

（あれ……）

思いの外、怖くない。

つけっ放しのライトの光は明るく、やわらかい。

胸を撫で下ろしてフロア内に足を進める。スキップフロアの近くに置かれているシェーカーチェアに目を向けるのは勇気がいったが、幽霊の姿はなかった。大丈夫そうだ。

とりあえず小皿にカリカリを入れ直そうと、杏は荷物を置いているバックルームへ向かった。ロッカーからカリカリの袋を取り出したところで、ポケットの中に入れていた紙片の存在を思い出す。工房では雪路がそばにいたのできちんと確認する余裕がなかった。写真のようにも見えたが。

（……いや、これって普通に雪路君の落とし物だったんじゃ？）

なぜその可能性を真っ先に考えつかなかったのか。今さら後悔が押し寄せてくる。

溜息を飲み込み、杏はポケットからそれを出した。思った通り紙片は写真だったが、かなり古い。全体的に色褪《あ》せており、端のほうは破れてしまっている。

「男女の写真だ」

電車の中で撮影《さつえい》したのか、被写体の二人が座席に並んで腰かけていることはわかる。が、男女の顔は色褪せている上にちょうど汚れも重なっているせいではっきりしない。きっと若いんだろうな、とは思うが。二人とも黒系の服を着ているようだ。

次に裏を見ると、かすれかけた文字があった。

「井？」

井戸のことだろうか。

その文字の後に点が打ってあって、数字の五六と書かれているような。

さらにその下側には「ダイヤをなくした町から十九歳の終わらぬ旅を」という一文がある。

詩的というか、感傷的な表現だ。

（座席の雰囲気《ふんいき》は、工房にあるボックスシートと全然違う）

もっと現代寄りの、鉄道の座席だ。彼らの後ろに、グレーっぽいような背もたれが見える。

他者に撮影してもらったものではないだろう。自分の手でカメラを限界まで遠ざけて撮《と》った、というように思える。そのため人物の占める割合が多くなり、背後の景色がよくわからないのだ。

（誰の写真なのかな）

先ほどは雪路の落とし物の可能性を考えたが、これはさすがに違う気がする。映っている男女の髪型も現代の流行とは微妙に異なるし、写真自体がそもそも古い。少なくとも十年、もしかしたら二十年以上前に撮影された写真かも。

とするなら、他の職人の写真かもしれない。だが、あのボックスシートの座席になぜ挟《はさ》まっていたのか、という点が非常に引っかかる。それに、新しい座面が破れていた理由もわからない。修理したのはおそらく小椋だろうが、簡単に破れてしまうような素材でもないし、彼が手を抜いた張り方をするとも思えない。

（……なんかすごく嫌な予感がする。人間の仕業《しわざ》じゃないような）

いや、まさか。

ぞっとしながら写真を眺めていると、先ほどのように扉がコンコンと鳴らされた。

「杏」という声がドアの向こうから響く。

雪路の声だ。どうやら杏を心配してもう一度こちらへ来てくれたらしい。

ここの職人は本当にいい人ばかりだと思う。だから何度恐ろしい経験をしてもすぐにはバイトを辞める決心がつかないのだ。

「杏、いるか?」

「うん、今開ける」

バックルームのドアのノブを捻ったところで、背後からなぜか焦りがまざっているような、にゃん、という鳴き声が聞こえた。けれど、ここに猫がいるはずがない。とっさに振り向き、猫などいないことを確かめて、また前を向き——。

「——」

扉の隙間から、真っ白い顔の女が杏を見つめていた。あの女幽霊だ。

そう悟った瞬間、全身が強張った。

杏が閉めるより早く、両手でドアの縁《ふち》を摑まれてしまう。すごい力だった。

杏、杏、杏、と女の霊は黒々とした光のない目でこちらを見据《みす》え、執拗《しつよう》に名前を繰り返して笑っている。雪路の声そっくりだった。杏にドアを開けさせるため、この女幽霊は声音を変えて呼びかけてきたのだ。

「は」

ドアの縁を摑む白い指が、たたんたたん、と弾《はじ》くようにリズミカルに動く。その間も女幽霊の目は動かない。杏をじいっと食い入るように見つめたままだった。

女幽霊は、強引に頭を入れ込んで扉の隙間《すきま》を広げようとした。髪の毛がドアをこする音がした。

その戦慄《せんりつ》の光景から目を離せないままに杏が思わず一歩引いた時、再び、にゃんっという強い鳴き声が聞こえた。

するとなぜか女の霊が怯んだ様子で引っこみ、勢いよくドアが閉まった。

杏はしばらく動けなかった。自分の鼓動がバックルーム全体に響いているように思われた。

立ち尽くした状態で、いったいどのくらい経過しただろうか。

ふと、入り口の扉のベルがちりんと鳴る音が耳に届く。

(また——？)

ぶるりと全身が震えた。今度こそ本物の雪路がやってきた、などとはとても思えなかった。

一度は退散した女の霊が舞い戻ってきた、と受け取るほうがよほど自然だ。

足音は迷わずこちらへ近づいてくる。

コンコン。

杏は後ずさりしかけたが、そんな自分をなんとかとめた。

怖がれば怖がるほど、つけ込まれる！

(塩!!)

持ったままの写真をポケットに突っ込み、鞄の中から塩の袋を取り出す。鞄はその際、床に落とした。

袋の開け口に手を入れ、塩を鷲摑《わしづか》みにし、振りかぶったところで——。

「高田杏？」

聞こえた馴染みのある男の声に、手の力が抜けた。指の隙間から塩がさらさらとこぼれ落ちる。抱えていた塩の袋もどさっと足元に落ちた。

杏はドアのノブに飛びついた。なぜか今度は、幽霊じゃないという確信があった。だって幽霊がフルネーム呼びするわけがない。そんな失礼な呼び方をするのは、人の名前をすぐに忘れるこの店のオーナーくらいじゃないか。

勢いよくドアを開けると、予想通りそこにいたのは、驚いたように仰《の》け反《ぞ》る美貌《びぼう》の男で。

杏は突撃するような勢いでヴィクトールの腰に抱きついた。

「……俺になにが起きているんだ、これ」

ヴィクトールは唖然《あぜん》としたまま軽くホールドアップした。


「——ボックスシートに写真が挟まっていた？」

恐怖が去るまでヴィクトールにしがみついてから、カウンターに移動したあとのこと。

杏は、ヴィクトールと目を合わせないよう決意しつつ、そっと先ほどの写真を差し出した。

ヴィクトールがカウンター席に座ってそれを確認する間、杏は紅茶の用意に勤《いそ》しむ。ヴィク

トールを見ないですむよう、そちらの用意に集中したというほうが正しい。

（なんてことをしてしまったんだ、私は）

いくら怖かった時に現れてくれて感動したとは言え。あんなにがっちり抱きつくとか。いっそヴィクトールが記憶喪失《そうしつ》になってくれないだろうか、と杏は心の底から願った。

紅茶の用意にかかる時間なんて、せいぜい数分だ。

手持ち無沙汰《ぶさた》になったあたりで、ヴィクトールが顔を上げる。

「それ、ボックスシートの座席に落ちていたというより、破れ目に挟まっていたんです」

杏は、詳細《しょうさい》を話すよう催促《さいそく》される前に、説明した。

「破れ目って、修理前にという意味か？」

「いえ、修理後、というか、さっき見つけたばかりで」

ヴィクトールが再び写真に視線を落としたが、すぐに杏へと顔を向ける。探るような眼差《まなざ》しだ。

「……これ、俺のものではないよ。小椋健司《けんじ》たちにも写真を落としたか聞いてみよう」

そう早口で言うと、彼は指先で写真を軽く叩いた。

「だが、小椋健司がそんな下手《へた》な修理をするはずがない。それに、俺も修理後に不備がないか確認している。どこにも破れ目なんてなかった」

「でも」

「でも高田杏が嘘をつくとも思えない」

杏の言葉にかぶせるようにしてヴィクトールは淡々と話を続ける。

「そんな嘘をついても意味がないし、実際、不可解な写真がここにある」

杏たちはそこで沈黙した。

お互いに、考えていることがわかった。

「……フラグ」

「やめろ。俺は聞かない」

「フラグ回収」

「聞かないと言っているじゃないか」

そうは言ってもこの写真を無視するわけにはいかない。

「高田杏、俺の心の安寧《あんねい》を守るために、なにも言うな」

「……ヴィクトールさんだって、本心ではフラグだと確信しているくせに」

「していない。オーナーの命令がきけないのか？」

こんな状況でオーナーの権限を振りかざすとは。

（私だってできることなら目を瞑《つぶ》りたいけれど！）

それではきっと、いつまでも怪異がおさまらないのだ。

「ヴィクトールさん、私に隠し事をされるのと、たとえアレなフラグに関してであろうと実際に起きた出来事を包み隠さず話されるのとでは、どちらがいいですか」

「その言い方は卑怯《ひきょう》だ、高田杏！」

ヴィクトールがわずかに目尻を赤くして憤《いきどお》る。ひねくれた人だ。隠し事をしたらしたで、不機嫌になるだろうに。

「君がいきなりしがみついてきた時から嫌な予感はじゅうぶんにしていた」

ヴィクトールは、現在進行形で苦痛を味わっています、と言いたげな表情を浮かべて杏を責めた。

「新しい盛り塩までカウンターの端に置いてあるじゃないか！　ダンテスカの件でもう懲《こ》りただろ、不吉なことを考えるなよ」

「シェーカーチェアに、女性の幽霊が」

杏がぼそっと告げると、ヴィクトールは喉の奥で呻《うめ》いた。

「聞きたくないのに、高田杏が俺をためすような発言をしたせいで拒絶できなくなった！」

……こういうところが、かわいげがあると思う。

「まさかシェーカー教のアンが化けて出てきたとは言わないよな？　同じ名前だからって妙な親近感を持つんじゃない」

「持ってません！」

やっぱりかわいくなんてなかった。

「でも君、前に本気で信じていたじゃないか、ダンテの霊が椅子に取り憑いているって。俺は忘れていないぞ」

「それは、ちょっとした気の迷いというか、不覚だったというか！」

「は、不覚」

すごくかわいくない！　この人、せせら笑いした！

「無駄な見栄をはるな。こういう時の高田杏の考え方、九割は予測できる自信があるよ、俺」

どれだけ自分は単純だと思われているのか。

「私だって成長しています。今回はそんな馬鹿なことは言いません」

「どうだか」

「……私、望月《もちづき》さんがなにか知っているんじゃないかと思うんです。ボックスシートと、それにあのシェーカーチェアを見て、異様に怯えていたでしょう？」

そこでふいにヴィクトールは表情を消した。

彼の硝子玉《ガラスだま》のような澄んだ目が杏を映す。杏は少々気圧《けお》され、きゅっと口を閉ざした。

短い沈黙が杏たちの間に落ちる。紅茶のカップから、ゆらりと湯気が立ち上《のぼ》った。

その様子を意地になってひたすら眺めていると、ヴィクトールが溜息をついた。

「君って奇天烈《きてれつ》な発想をするくせに、肝心《かんじん》なところは討《う》ち漏《も》らさないよな」

「……ヴィクトールさんも同じことを考えていたんですよね？」

「高田杏、もう深入りするな。俺はしたくない」

ヴィクトールは冷ややかに一蹴《いっしゅう》すると、カウンター席から立ち上がった。なんのフォローもなく店から出ていこうとする彼を、杏は泣きたいような思いで見つめる。

ひどい男だ、隠し事をしたら腹を立てるくせに、正直に伝えたら冷淡に突き放す。紅茶にも口をつけていない。

だが、彼を呼び止める勇気が杏にはなかった。その行動に、写真の謎《なぞ》を紐解《ひもと》きたいという欲求とは別の、秘めた感情をまぜてしまいそうな予感があったからだ。

(深みにはまってる)

これっぽっちも自覚なんかしたくないのに、だんだんとヴィクトールに対する特別な感情から目を逸らせなくなっている。でも半分は、その気もないのに平然と思わせぶりな発言をするヴィクトールのせいだ。

そんな八つ当たりをして奥歯を噛み締めた時、急にヴィクトールが立ち止まった。くるっとこちらを向く。

「え」

つかつかと怖い顔で歩み寄ってきて、杏をカウンターの中から引っぱり出す。

(――本当にこの人って、わけがわからない！)

目を白黒させる杏を、ヴィクトールは腹立たしげに睨《にら》みつけた。

「正直に答えろ」

「な、なにをですか？」

ヴィクトールは向き合う形で杏の腕を掴むと、感情を押し殺したような声で尋ねた。

「なぜさっき、俺にしがみついてきた」

「——はいっ？　なぜって……そ、それは、決して疾《やま》しい気持ちとかじゃなくて！」

そこを問われるとは。杏は焦った。しつこく残っていた恐怖が羞恥心《しゅうちしん》にすり替わる。

「正直に言うんだ」

「ほっ、本当に違います！　信じてください！」

杏はパニックになりながら言い訳をした。

「幽霊を見たんです、女性の幽霊がバックルームのドアの前にいたんですよ。でもヴィクトールさんが来てくれて！」

「——しがみついた際に、これを俺のポケットに入れたわけじゃないのか？」

「はい？」

ヴィクトールが観察するような目つきのまま、すっと赤いカードを出して見せてきた。

「SOLD」と印字されたカードだ。杏はなぜ今このカードを見せられたのか理解できずに困惑した。

（そういえばこのカードって、いつの間にか消えていたっけ）

てっきりヴィクトールが片付けたと思っていたのだが、違ったのか。

「こんなもの、ここへ来るまではポケットに入っていなかった。さっきカウンター席から立ち上がった時、腰のあたりに違和感を覚えたんだ。……今日はまだ君としか会っていない」

「……私じゃないです！」

隙を見てポケットに差し込んだのではないかと疑われている。それに気づいて杏は大きく首を横に振った。

ヴィクトールの表情が苦々しいものに変わる。

「君は単純だから、嘘をついたらすぐにわかる。今は真実を言っている」

つまり信じてくれるという意味なんだろうが、やっぱり単純扱《あつか》いだ。全然嬉しくない。

しかし余計な反論をしてヴィクトールを怒らせたくはない。杏はむっと黙り込んだ。

（誰がヴィクトールさんのポケットにカードを入れたんだろう）

そう疑念を抱き、杏はひやりとした。答えなんてひとつしかないような気がする。

まだここに、あの女幽霊がいるのでは？

遠ざかっていたはずの恐怖が再び押し寄せてくる。

杏はついヴィクトールのシャツを摑んでしまった。すぐに我に返って手を放す。

（顔を上げられない……！）

恐怖と羞恥の間を行ったり来たりの状態だ。

「……一度だけ、望月峰雄《みねお》に連絡を取る。期待するなよ」

自分の中でどんな結論を出したのか、ヴィクトールが溜息まじりに譲歩《じょうほ》の姿勢を見せた。

「は、はい！」

勢いこんでうなずくと、ヴィクトールは沈鬱《ちんうつ》な表情で横を向いた。

これはかなり死にたがっている時の顔つきだ。

――杏が本気で怯えているとわかり、嫌々ながらも気遣《きづか》ってくれたのではないか。

（この人ってやっぱり、甘い）

人類を憎《にく》みながらも、拒絶し切れていない。

「それで、大丈夫なのか」

「なにがでしょう？」

「……鬼気迫る表情で俺にしがみついてきただろ。高田杏が見たと主張する女幽霊とやらは、いったいなにをしたんだ」

「なにって……」

「そんなに怖かったのか？　まさか暴力をふるわれたわけじゃないよな？」

幽霊って物理的に暴力をふるうんだろうか。そう首を傾げたあとで、ヴィクトールの目にこちらを案じる色があることに気づき、どきっとする。

「おい、なぜ驚愕《きょうがく》の眼差しで俺を見る？」

「ヴィクトールさんが、自発的に心配してくれてる！」

「どういう意味だ、高田杏」

「いえ、すみません。深い意味は」

失敗した。信じられない気持ちがつい言葉になって口からあふれ出てしまったのだ。

でもここまで杏を気遣ってくれるとは思わなかった。

にやけそうになっていると、ヴィクトールに睨まれてしまった。

「……俺が君を心配すると、それほど変なのか」

「えっ」

杏は耳を疑った。

今日のヴィクトールはいったいどうしてしまったんだろう？

表情を取り繕《つくろ》うのも忘れて愕然《がくぜん》とした。せずにはいられなかった。同時に、胸も熱くなった。

「いいじゃないか、したって」

ヴィクトールが眉間《みけん》に皺《しわ》を作って横を向く。

（なにこれ、私すごく恥ずかしい！）

両手で頬を押さえたくなる衝動を、杏は懸命に堪える。

「し、してくださってもいいですよ。ご自由に、どうぞ……」

何様だ。杏は妙な返事をしてしまった自分を呪《のろ》った。

「するよ」

ヴィクトールがちょっと笑った。それを直視してしまったおかげで、杏の心がごとっとだめな方向に大きく傾く。

「高田杏は、俺の中で人類の枠組《わくぐ》みから外れているしな」

「——外れてません!!」

なんてことを言うんだ、この人は。数秒前までの感動とときめきを返してほしい。

叫ぶ杏をうるさそうに眺めると、ヴィクトールは赤いカードをカウンターに置いた。それから杏の手を摑んで扉へ向かう。

「買い物に行こう」

「買い物!?」

今の流れでなぜ買い物に?

(というかなんで自然に手をつなぐ!?)

ヴィクトールは杏をどうしたいのか。異性だとはまったく思っていないから平気で触れてくるのか。……その可能性しか見えないのが虚《むな》しい。だが、特別扱いなのは間違いないわけで——だったら喜んでいいのか?

「買い物と言ったら、塩に決まってる」

ヴィクトールは感情のない声で言った。色気皆無の返答だったが、杏は逆らうのをやめた。

「……そうでしたね。喜んでお付き合いします」

前にも一緒に買いに行ったっけ。杏たちの日常に、塩は必需品《ひつじゅひん》だ。


杏たちはデパートで塩を買い占めた。

それからヴィクトールは望月峰雄に連絡を入れたが、彼が電話に出ることはなかった。

怪異のおさまる気配がないまま、夏休みが始まった。杏は今まで通り、バイトを続けることにした。

——盛り塩では防げないような、怖い目に遭《あ》うとも知らずに。

5

八月。杏《あん》が待ちに待った夏休みが始まった。

大学受験に向けてこの夏は講習会にもできる限り出ておきたいし、旅行にも行きたい。花火大会や祭りも楽しみたいし、海にだって行きたい。高校二年生の夏はやりたいこととやるべきことでいっぱいだ。しっかり予定を立てて行動しないと、せっかくの夏休みがじゅうぶんに満《まん》喫《きつ》できないままで終わってしまう。

そんなふうに意気込みつつも、今、杏の頭の中を占めるのは、バイト先の「TSUKURA」で発生しているポルターガイストである。おかげで他のイベントに意識を向けようとしてもなんだかうまく集中できないのだ。

ポルターガイストを引き起こす原因となったものについては一応、特定できている。

「TSUKURA」のオーナー兼椅子職人のヴィクトールが工房に持ち込んだ大正時代の鉄道のボックスシート。それがきっと、事の発端になっている。あともうひとつ、店のほうに展示していたヴィンテージのシェーカーチェアも関係している可能性が高い。

そのシェーカーチェアに、黒いワンピースの不気味な女幽霊が座っているところを杏は目撃してしまったのだ。一度だけではない。この女幽霊は、天井《てんじょう》からさかさまにぶら下がって杏の目の前に現れたり、椅子職人の島野雪路《しまのゆきじ》の声音を真似してバックルームの扉を叩いたりと、とにかく出現の仕方が恐ろしい。さらに言うなら強烈な異臭《いしゅう》まで漂《ただよ》わせている。もちろんこれは女幽霊の出現時のみ嗅《か》ぎ取《と》れる幻《まぼろし》の臭《にお》いなのだが。

霊感持ちの杏は、物心ついた時から数え切れないほど身の回りで発生する心霊現象に悩まされてきている。が、何度体験しようと怖いものは怖い。それに、今回のように、臭気まではっきり感じることはめったになかったのだ。店に出現する黒いワンピースの女幽霊は、よほどこの世に強い未練を残しているのかもしれない。

(盛り塩をしても、ポルターガイストを完全にはおさえられないし……)

杏は店へと続く道をのろのろと歩きながら溜息をこぼした。憂鬱《ゆううつ》な気持ちとは逆に、午前九時半の空は雲ひとつなく爽《さわ》やかに晴れ渡っている。日焼け止めを顔や腕にたっぷり塗《ぬ》っていても焼けてしまうのではないかと心配になるくらい、日差しが強い。熱気で、視界に映《うつ》る景色全体がゆらゆらと揺らめいているように見える。

(朝に盛り塩の準備をしておけば日中は平穏にすごせるけれど、その効果も夕方になる頃には切れてしまう)

額に浮かぶ汗を拭《ぬぐ》い、片手でぱたぱたと扇《あお》ぎながら、杏は頭を悩ませ続ける。

なぜか黄昏時《たそがれどき》を迎える頃には小皿に盛っていた塩が消えていたり、時には黒く汚れていたりするのだ。夕方以降は、盛り塩程度ではもはや怪異を制しきれない。目を逸《そ》らした瞬間に小皿ごと引っくり返されたりする。おそらく霊の力が高まる時間帯に突入するせいだろう。

何度か雪路とともに町内の寺社を回り、住職や神主に店まで足を運んでもらったのだが、その全員から「場所の問題ではない」と断言される残念な結果に終わっている。その後に、「世の中には生まれつき霊に好まれやすい人もいるから……がんばれ」といった同情の目で見られたことは、あまり思い出したくない。

次は霊能者でも呼んでお祓《はら》いをしてもらおうか。……これも似たような結果で終わりそうな気がするけれども。

（いや、だめだ。暗く考えてばかりいると、悪いものがもっと寄ってくる）

肘《ひじ》にかけていたカゴバッグを持ち直し、杏は片手で軽く頬を叩いた。

背伸びとともに深く息を吸って気持ちを引き上げ、足を速める。無心でずんずんとゆるい坂道を上っていくと、やがて、通い慣れた「TSUKURA」の建物が見えてくる。

杏が働く椅子の店はどっしりとしたモダンな赤煉瓦《あかれんが》倉庫を利用している。その建物の左右には銀杏《いちょう》の木が立っており、夏季の今は、黒い三角屋根にかかるほどみっちりと葉が茂っている。

夏休み期間のシフトは、日数的には通常時と変わらない。水、土、日の週三日だ。ただし水曜日も土日同様に開店から閉店の時刻まで、フルで詰めることになっている。講習会が月火金の午後に入っているのでこのスケジュールだ。

杏は、おや？　と店の入り口の前で足をとめた。

この店は入り口が二箇所設《もう》けられている。アンティークチェアを売る「TSUKURA」とオリジナルチェア専門の「柘倉《つくら》」で、フロアをわけているのだ。しかしどちらの入り口も、シャッターが開けられている。扉にかけられているサインボードはクローズ側を向いているが、窓の部分から店内をのぞき込むと、ぼんやりと明かりがついているのがわかる。

（職人の誰かが早めに来たのかな？）

杏は首を捻《ひね》りながら「TSUKURA」側の扉のノブを摑んだ。鍵《かぎ》も開いている。ベルを派手に鳴らさぬようそっと扉を開けて店内をうかがえば、板張りのフロアに整然と展示されているアンティークチェアたちが目に映った。

杏はこの店に足を踏み入れるたび、胸を高鳴らせてしまう。

フロアに並ぶ椅子のひとつひとつに歴史がある。過去がある。所有していた人々の人生に寄り添ってきている。その重みと年月を感じ、知らず高揚《こうよう》してしまうのだ。

もちろん職人たちが丹誠こめて作り上げるオリジナルチェアも好きだ。こちらのほうは「これからどんな歴史を重ねていくのだろう」といった心躍《おど》るような感情が胸にわく。長く愛される椅子になりますように、そんな祈りも生まれる。

頻発《ひんぱつ》するポルターガイストのおかげで、身の毛がよだつような恐怖を何度も味わっているが、今もこうしてバイトが続いているのは、椅子の魅力に取り憑《つ》かれつつあるせいじゃないだろうか。

店のオーナーであるヴィクトールの、椅子に対する深い愛に、強い影響を受けたからかも。

彼の椅子談義を思い出して小さく笑いながら店内に入り、扉を閉める。チリンと小気味よい音を鳴らす扉のベルを見上げたあとで、杏は、フロアの奥側に設けられているスキップフロアの階段の手前に怪しい人影があることに気づいた。正確には、階段の近くに置かれているシェーカーチェアにその影が座っていたのだ。

もともと店内ライトは、煌々《こうこう》とした白昼の明るさのものとは違い、ノスタルジックな空気を感じさせるあたたかい橙色《だいだいいろ》だ。つまり店内の隅々まで見て取れるほどの照度があるわけではない。率直に言えば、薄暗い。

それに、ノスタルジックな空気というものは、見方によっては不気味さも感じさせるわけで。しかもなぜかスキップフロア側のライトだけ消えており、人影の輪郭《りんかく》をより朧《おぼろ》にしている。

(え――)

杏は息を呑《の》んだ。金縛《かなしば》りにあったかのように、身体が恐怖で硬直する。

誰かが、例のシェーカーチェアに座っている?

まさかまた黒いワンピースの女幽霊が出現したのだろうか。

不吉な想像をして、青ざめた直後。

梯子状《はしごじょう》の背もたれを持つそのすっきりとしたフォルムのヴィンテージチェアから、影がぬるりと身を起こした。

ひ、と杏は悲鳴のようなかすれた声を上げた。

やだやだやだ、嘘でしょ、店に到着した途端に幽霊と出くわすとか本当、冗談じゃないってば！

半《なか》ばパニックになりながらも肘にかけていたカゴバッグを両手で持ち、振り上げる。こうなったら先手必勝だ。ただ取り憑かれるなんてまっぴら！

こちらを振り向いた影に、混乱し切った状態でカゴバッグを力いっぱい投げつけようとし――。

「おい待て、まさかそれを俺にぶつけるのか」

焦《あせ》ったような声にとめられ、杏は冷静さを取り戻した。

カゴバッグを振り上げた体勢のまま、ヴィンテージチェアのほうを――怪しい人影をうかがう。

その人影がおそるおそるといった用心深い動きで杏のほうに近づいてきた。全身の黒さがどうにもあの女幽霊を連想させ、杏を怯《ひる》ませる。しかし目を凝《こ》らしてよく見れば、単に黒い服を着用しているだけだとわかる。体格だって女幽霊とは全然違う。なによりも、ライトの明かりが届く位置まで寄ってきた相手の姿はよく知ったもので。はじめて会った時から息つく間もないほど杏の精神を掻《か》き乱《みだ》してくれる人――つまりこの店のオーナーだ。

「……ヴィクトールさん？」

杏は小声で呼びかけ、人影の正体を確かめた。

「俺以外の誰だと言うんだ」

怪しい人影改めヴィクトールが黒いキャップのツバを片手で軽く上げ、怒ったような声を聞かせる。カゴバッグを杏に投げつけられることを恐れてか、いくぶん離れた位置で足をとめる。

杏は言葉なくヴィクトールを見つめた。

「いきなり俺に暴行を加えようとするって、どういうことだ。俺はなにか、君に恨《うら》みを買うような真似でもしたか……？」

ヴィクトールは野生の猫のように警戒心を剥《む》き出《だ》しにして言った。

「い、いえ……、すみません。てっきり幽霊が現れたのかと勘違いしちゃって」

「はあ？　失礼だな、俺のどこが幽霊なんだ。生きている」

そうですね、生きていますね、と杏は乾いた笑みを漏らした。こちらを睨《にら》みつける胡桃色《くるみいろ》の瞳は、生者と思えないくらいに光が消えているけれども。

「幽霊に物理攻撃がきくのか？　きくんだったら生きている人間となにも変わらないだろうが」

「……恐怖でパニックになりかけた人間に理性的な行動を求めないでください！　そもそもヴィクトールさん、なんで今日はそんな黒尽くめな――カジュアルな恰好《かっこう》なんですか？」

杏は言い返しながら、ヴィクトールの全身をしげしげと見つめた。

ヴィクトールはノーブルな風貌《ふうぼう》の男だ。本人もそのあたり、よくわかっているのだろう。ジャケットにシャツにと、シックな服装でまとめることが多い。もう少し楽な服装の時でも、やはり基本は上品なラインのもので揃《そろ》えている。ところが、今日はなぜか細めのスウェットパンツに半袖《はんそで》パーカー、キャップ、ハイカットスニーカーという軽装だ。おまけにボディバッグ。ただし上から下までことごとく黒い。そのせいで先ほどは、杏自身の妄想《もうそう》と相まって余計に怪しく見えたのだ。

(どうしたんだろう、この人……。というよりこういう活動的な雰囲気《ふんいき》の服も着るのか)

なにか心境の変化でもあったんだろうか。似合わなくはないが、なんの理由もなく自分のスタイルを変えるタイプには思えず、杏は首を捻《ひね》った。

「もしかしてランニングでもしていました?」

「なんで俺が朝から健全に運動に励《はげ》まなきゃいけない。しかも真夏だぞ。日の下なんか走ってたまるか」

ヴィクトールは呻《うめ》くように答えると、ボディバッグのジッパーを開け、中からごそごそと白っぽい物体を取り出した。ずいっと杏に差し出したそれは、塩入りの袋だった。

「最近の俺たち、デパートだけじゃなくて近所のスーパーでも塩を買い占めているだろ」

「はい」

う

「店員に顔を覚えられた。昨日なんて、頼んでもいないのに店員のほうから『お客様、塩を取り置きしておきましたよ！』と声をかけられた。俺は店員と打ち解けたくなんかない……、雑談だってしたくもない。人類とは正しい距離で他人でいたいんだ」

「……あぁ、なるほど。印象を変えたくて変装したんですね。塩を買うためにわざわざ」

恰好を変えても無駄だと思う、という指摘はやめておく。これほどの美男子、多少服装を変えた程度で忘れられるわけがない。ましてそれが女性店員なら、尚更《なおさら》。

「あぁ嫌だ。常連だと思われたくない。顔を覚えられたくなかったから、普段だって同じ店にはあまり続けて行かないようにしていたのに……」

杏は噴き出しそうになった。人類嫌いここに極まれりという感じだ。

彼の変人ぶりを見たおかげか、先ほどまでの恐怖は杏の中からきれいさっぱり消えている。

「でもヴィクトールさん。いつもと違う雰囲気《ふんいき》の恰好をしていた理由はわかりましたが、どうしてシェーカーチェアに座っていたんですか。普通に怖いですよ。ここのライトも消していたし……」

「ライトは単純に切れただけだ。あとで付け替える。座っていたのは、君が来るまでに、本当にこの椅子に女幽霊が取り憑いているかどうか、確認しておきたかったんだよ」

気難しげな表情を浮かべるヴィクトールを見て、杏は黙り込んだ。最近、店のみならず工房のほうでも出現するようになった黒いワンピースの女幽霊は、なぜか杏と雪路の目にしか映らない。

ただ、雪路のほうは杏ほど頻繁《ひんぱん》に目撃しておらず、そこまで恐ろしい目に遭《あ》わされることもないそうだ。女幽霊はただボックスシートにぼんやりと座っているだけで、すぐに消えるのだとか。

「……ひょっとして、私が嘘をついたんじゃないかと疑っています？」

不安になって尋ねると、ヴィクトールは表情をやわらげて首を横に振った。

「いや。高田《たかだ》杏と島野雪路が俺に悪趣味な嘘をつくとは思っていない。それに、腹立たしいことだが、この店に幽霊が出現するのも知っている。……おい、なぜ俺を見て、微笑《ほほえ》ましいと言いたげな顔をするんだ」

「いえ、なんでも」

最初は幽霊の存在を頑《かたく》なに拒《こば》んでいた人が、今ではすんなり認めている。それがちょっとおもしろい。

ヴィクトールは探るような目を杏に向けながら、パーカーの前ポケットに両手を突っ込んだ。

「あとは、このヴィンテージチェアが、なにかいわく付きであるということもわかっている」

「あ……、そうでした。望月《もちづき》さんの反応、なんだかおかしかったですもんね」

杏は塩の袋とカゴバッグを抱え直し、吐息《といき》を漏らした。

「あれから、望月さんとは連絡を取れましたか？」

ヴィクトールは前に、望月と連絡を取ると約束してくれた。それを思い出して尋ねたのだが、ヴィクトールはどこか煮え切らない態度を見せる。

「何度か電話をしたが、出ない。出版社の番号にかけても不在だからまた改めて……という消極的な返事しかもらえていないよ」

「そうなんですか……」

「だが電話の対応をした社員もね、どこか戸惑《とまど》っているような口ぶりだった」

「望月さんの不在に対してですか？」

「うん。どうやら望月峰雄は急な休みを取ったんじゃないかな。あるいは、無断欠勤を続けているとかね」

「体調を崩して休んでいる……とかではなさそう？」

「このタイミングだからな。やっぱり自分の意思で姿を消したと考えるほうが自然じゃないか？」

杏たちは同時にシェーカーチェアを見下ろした。もしもこの椅子が人間のように心を持っていたら、杏たちの強い視線に晒《さら》されて居心地の悪い思いをしていただろう。が、スタイリッシュなフォルムの椅子は当然ながらなんの変化も見せず、静かにそこに存在するだけだ。

この椅子のいったいなにが、望月を激しく混乱させたのか。考えられるのは、杏や雪路同様に望月にも黒いワンピースの不気味な女幽霊が見えていた可能性がある、というものだが……。

「他にも不思議なことがありますよね。……シェーカーチェアの購入を希望したお客様とも連絡が取れないんですよね？」

「予約客の日下部《くさかべ》晶《あきら》な。こちらはそもそも、取り置き予約の際に記入してもらった電話番号が使用されていないものだったんだが」

「……えっ」

「それと、外したはずの『SOLD』のカードが一度、俺のパンツのポケットに移動していたことも、意味がわからない」

顔を強張《こわば》らせる杏に、ヴィクトールは憂鬱な表情を見せる。

「その後は何度カードを捨てても、なぜかシェーカーチェアの上にまた置かれている」

「……まるで、誰かがこの椅子を他の人間に買わせないようにするため『SOLD』カードを置き続けている、みたいな……」

杏たちは沈黙した。

「……私、盛り塩の準備、しますね」

「ああ」

杏とヴィクトールは同時にそっと椅子から目を逸らした。

ヴィクトールはその後、カウンターの内側に回ってレジスターにお金を入れた。杏は盛り塩と、ついでに猫幽霊用のカリカリの小皿を用意し、入り口の扉の横に展示している羽ペンモチーフのデザインチェアの上に置いた。それから、バックルームへカゴバッグをしまいに行く。

店には、黒いワンピースの女幽霊の他、猫の霊も住み着いているようで、時々にゃーんと鳴く声が聞こえてくる。だがあの手この手で驚かしてくる女幽霊とは違ってこちらはどうやら杏たちに危害を加える気はないらしく、自由気ままに店内をうろうろしているようだった。むしろ懐《なつ》かれているような気がする。なぜかというと、前に女幽霊が出現した時、警告の声を聞かせてくれたためだ。

ロッカーにカゴバッグを押し込み、店の制服のワンピースに着替えながら杏はあれこれ考える。

(シェーカーチェアの販売はあきらめたほうがいいんじゃないかな)

女幽霊が執着しているこの状態では、売り物にならないだろう。いわく付きとわかっているのに販売するのもどうかと思う。

一度、星川に入手時の詳《くわ》しい話を聞いたほうがいいのではないか。

その思いつきをヴィクトールに伝えるため、杏は着替えを終えたあと早足でバックルームを出た。

カウンターにいたヴィクトールに歩み寄り、「星川に椅子入手時の状況を尋ねてはどうか」とさっそく杏が提案すると、彼は眉間《みけん》に不機嫌な皺《しわ》を作った。

「星川仁には、君が俺の胴を締め上げた日に連絡を取っているよ」

「……ヴィクトールさん、言い方」

杏は俯《うつむ》いた。

不覚としか言いようがないが、黒いワンピースの女幽霊が杏の前に現れた時、その直後にやってきたヴィクトールに全力でしがみついてしまったのだ。

その時の余裕皆無な自分の姿を思い出すと、「なんて大胆《だいたん》な行動を取ってしまったんだろうか」と恥ずかしさでいたたまれない気持ちになるが、それはそれとして。

(ああそうですか、ヴィクトールさんの中ではあの行動って、ただ私にいきなり胴体を締め上げられた、っていう程度の認識ですか……)

仮《かり》にも異性が抱きついたというのに、身も蓋《ふた》もないこの表現。

もう少し動揺してくれたっていいんじゃないだろうか?

まったく相手にされていないという虚《むな》しさを感じつつも、表情には出さないよう頬に力を入れて耐えていると、ヴィクトールに、キャップを頭に軽く乗せられた。その手がすとんと杏の肩に置かれる。それから小さな笑い声が降ってきた。

身を屈《かが》めて杏のほうに顔を寄せているのか、ヴィクトールの笑い声がやけに近い。

「高田杏って本当は俺よりも怖がりだよね」

今日は髪を下ろしていたので、キャップをかぶせられてもスタイリングが崩れる心配をしなくてすむが……心臓のほうは全然、平気ではない。

（ヴィクトールさんって空気も読めないし私を異性だと意識もしてくれないくせに、ナチュラルに行動が甘いんですけど！）

普通は恋人にでもするような、意味深な行動を当たり前のように杏に仕掛けてくる。

最近の杏はとくに、ヴィクトールの一挙一動に対して敏感になっている自覚があるのだ。今だってこれ以上なにかされると妙なことを口走ってしまうかもしれない。

あとで羞恥《しゅうち》に悶《もだ》え苦しむのはごめんだ。杏は急いで話を元に戻した。

「……それで、星川さんはなんておっしゃっていました？」

「あいつを椅子に縛《しば》り付《つ》けてやりたい」

「はい？」

恨みのこもった声に、杏は思わず顔を上げた。

落ちそうになったキャップをヴィクトールがしっかりと杏の頭にかぶらせる。

「ふざけるなよ、星川仁。あいつ、最初はへらへらと『貴重なヴィンテージチェアが手に入ったから、扱いに長《た》けたおまえに任せたい』などと殊勝《しゅしょう》な発言をしていたんだぞ。だがどうもおかしいと思ってしつこく聞いてみれば案の定、違う答えが返ってくるじゃないか」

「……真相は？」

ヴィクトールの光のない目が杏を見下ろす。

「高田杏が椅子に座る霊を目撃し、恐怖で泣いていたと伝えたら、あの野郎。手のひらを返したように慌てて謝罪《しゃざい》し始めた。他の家具とセットで安く手に入れたはいいが、椅子を見ているとなにか嫌な雰囲気を感じるから俺に押し付けたんだと。ついでにボックスシートも」

もうどこから突っ込めばいいのか。

（ヴィクトールさん、私の情けない姿を他の人に話さないでほしかった！）

そんな怪しさ満点の椅子を寄越した星川も、友人に対して容赦《ようしゃ》がない！

杏たち同様、星川も霊感体質の持ち主だと聞いたことがある。時折そちらの工房でもポルターガイストが起きるのだとか。

（なるほど。格安で入手した椅子がいわく付きだと気づいて、急いで手放したわけだ）

それにしても杏のまわりに霊感持ちの人間が集まりすぎじゃないだろうか？

類は友を呼ぶ、の例だったらとても嫌だ。

落ち込みかける杏とはまた違う意味で、ヴィクトールもじめじめし始める。

「もしも高田杏が泣いていなかったら正直に話すつもりはなかったということか？　俺なんかに事実を伝える価値はないという意味なのか。……ああ嫌だ、これだから人類なんて信用できないんだ。もうあいつとは話したくない……」

ヴィクトールが露骨《ろこつ》に憂鬱な顔をして深々と溜息を漏らす。なにやらぶつぶつと暗い独白も続けている。

「そういうことじゃないと思いますよ、ヴィクトールさん」

ヴィクトール自身の価値云々《うんぬん》の問題ではなく、思いがけず未成年の杏まで巻き込む結果になり、怖がらせてしまったという罪悪感から星川は正直に真実を打ち明けてくれただけだろう。

（あれ、待てよ。ということはヴィクトールさんの考えも、ある意味間違ってはいないんじゃ……？）

いわく付きの椅子だと認識している状態で星川は愛想のいい発言をし、ヴィクトールに押し付けている。ヴィクトールならなんとかするだろうという信頼があったのか、それともヴィクトールには霊感がないから大丈夫だろうと楽観視してしまったのか……まさか、ヴィクトールが幽霊に取り憑かれようが呪われようが別にかまわない、と非情な判断をしたのか。

いや、最後のはない！　と信じたい。

オリジナルチェアを扱う「柘倉」と星川の工房「MUKUDORI」は以前、新聞社の協賛で合同展を開催したことがある。彼個人でも菓子や土産《みやげ》を持参して店のほうに来てくれたことがあった。杏も星川とはこれまでに何度か顔を合わせているが、終始親しみやすく気のいい男だったように思う。ヴィクトールに対してもとくに気負いを見せず友好的に接していたはずだ。

あんな明るい笑顔の裏で他人を陥《おとしい》れるような考えを抱《かか》えていたとはちょっと思いたくない。

「なにより、底の浅い言い訳をするのがまた許せない」

低い声で痛烈に批判するヴィクトールのほうに、杏は意識を戻す。

「言い訳ですか？」

「そうだよ。はじめはちゃんと自分で椅子を処分しようと思っていたんだと。だがそのうち椅子を俺に渡さなきゃいけないような気になったと主張し始めた。あとから思えば強迫観念に近いような、不可解な焦燥感《しょうそうかん》に駆られていた、って。シェーカーチェアの売り主の様子もよくよく考えるとおかしかった、やけに必死な様子で自分に売りつけようとしていた、とも言っていたな」

「んん……」

それって本当に口から出任せを言って、ヴィクトールの追及を避けようとしただけなのか。

「なんだその疑わしげな反応。まさか星川仁の肩を持つ気か？」

「いえ、星川さんを庇《かば》うつもりはまったくないんですけれど」

ただ、むしろ杏には椅子が……椅子に取り憑いていたあの女幽霊が、処分を逃れるために星川の意識を操ってこちらの店に渡るよう画策したのではないかと思えてしまう。

自分の想像に、杏は背筋を寒くした。ヴィクトールにも意見を聞いてもらおうと口を開きかけたが、そこではたとこれまでの自分の失敗を思い出す。ダンテスカという名称のアンティークチェアに、『神曲』の作者であるダンテの霊が取り憑いていたとかなんとか……以前にそんな突拍子もない発言をして彼に呆《あき》れられたのだ。

今回もまた、妄想が逞《たくま》しいと言われるんじゃないだろうか？

それに、作り話を披露《ひろう》してやっぱり星川を庇う気なのではと誤解されるかもしれない。ヴィクトールは猜疑心《さいぎしん》の強い人だ。

「……今までにも、星川さんから椅子を譲《ゆず》られたことってありますか？」

杏は結局、お茶を濁《にご》すように別の質問を口にした。

「買い取りや業者の紹介は何度かあるけれど。今回のようにいかにも訳ありの椅子を押し付けられたのははじめてだ」

「そ、そうですか。――あ！　あの、星川さんが問題のシェーカーチェアとボックスシートを入手した場所って、正確には北海道のどこなんでしょう？」

もしかしたら競りの場にこそ問題があったのではないか。

「ひょっとしたらその土地にいた地縛霊《じばくれい》が椅子に乗り移ったのかも」

杏は推測を口にした。悪くない着眼点じゃないだろうか？　――と、自分の想像力を再評価しかけた直後、ヴィクトールから可哀想《かわいそう》なものでも見るような表情を向けられる。

「なんらかの理由で固執《こしつ》している土地に縛られているのが、地縛霊だろ。離れられる時点でもう別の霊だ」

あっさり論破されて、杏はぐっと息を詰めた。

「……ひとつの可能性を挙げただけですので！　それで、競りの場所は！」

しかしヴィクトールは自棄《やけ》気味に放った杏の問いには答えず、じっとりとした目を向けてくる。負の念が漂ってきそうな淀《よど》んだ目だ。気まずさを覚え、杏は視線をうろうろさせた。

「そんなの、今更知ったところでなんになる？」

「椅子に取り憑いた女幽霊がなぜ怪異を発生させるのか、その原因を突き止められるかもと思って」

「突き止めてなんになる？」

ネガティブな意味でぐいぐい来られて、杏は頰を引きつらせた。

「椅子が原因だろうとなんだろうと、星川仁が俺を陰険で無価値な引きこもり男と判断して面倒事を押し付けようとした事実は消えないだろ……」

「言ってない。そこまでは誰も言ってないですよ、ヴィクトールさん！」

まずい、すごく傷ついている。

（ヴィクトールさんってやっぱり人の目を気にするというか、恐れているところがある）

何気ない仕草や言葉尻《じり》に引っかかりを覚え、そこに意味を見出《みいだ》そうとする人だ。しかし毎回そうも真剣に他人の些細《ささい》な行動を分析していたら、気疲れしてしまう。実際、心が疲労してしまったから、ヴィクトールは他人を嫌うようになったのだろうし。

「手っ取り早く怪異を鎮《しず》める方法ならある」

彼はやけに毅然《きぜん》とした態度で言った。いや、悲壮《ひそう》な決意が透けて見えるというべきか。

「誰でもできる簡単な方法だ」

「えっ、本当ですか？」

とっくに解決方法を見つけていたというなら、こっちが的外れな推測を披露する前に早く教えてほしかった——ほんの少し恨めしく思っていると、ヴィクトールはなぜか非常につらそうな表情を浮かべて口を開いた。

「シェーカーチェアを解体するんだ」

おっ、と杏は仰《の》け反《ぞ》った。

「今、なんて？」

幻聴か。

「だから、椅子を解体すればいいんだよ」

「ヴィクトールさん!? どうしたんですか、具合でも悪いんですか。あなたの大好きな椅子ですよ！ なのにそんな恐ろしい発言をするなんて……もしかしてヴィクトールさんの偽者《にせもの》ですか、それともおかしなものに身体を乗っ取られているんじゃないですか！」

「……偽者ってなんだよ」

杏は激しく狼狽《ろうばい》した。

(椅子至上主義のヴィクトールさんの口から、解体の二文字が飛び出した!?)

偽者と疑って当然じゃないだろうか。人類大好きと口にするくらい、非現実的だ。

「ありえない、こんなの私の知っているヴィクトールさんじゃない」

「高田杏って割と俺に対して遠慮《えんりょ》なくずけずけと言うよな」

「だって、解体だなんて」

「俺にできないと思うなよ」

信じられない思いで杏はヴィクトールを見上げた。

「そうとも、ばらばらに分解し、壊してしまえば……」

という言葉の途中でヴィクトールはがくっと項垂《うなだ》れ、両手で顔を覆《おお》った。

「……死にたい………」

あ、偽者じゃなかった。いつものヴィクトールさんだ。

「わ、わかりました！　解体はだめですよね、やめましょう!!　他の平和な解決策を探しましょう！　ね！」

解体の二文字が、ヴィクトールの精神に大きな打撃を与えている。

「大丈夫ですよ、私も一緒に考えますから」

落ち着かせるために彼の背中をさすると、弱々しく首を振られてしまった。

「でも、あの椅子が怖いんだろ……」

ん、と杏は目を瞬《しばたた》かせた。どういう意味かと惚《ほう》けたあとで、また幻聴を疑う。

「――ひょっとして、私のために解体を提案してくれたんですか？」

偽者説、やっぱり濃厚かも。それか、なにか裏があるのでは、とつい懐疑的な目でヴィクトールを見てしまう。これまで何度も思わせぶりな言動をされてきたから、どうしても身構えずにはいられない。

「君、夏休み期間の希望勤務日時を尋ねてもぎりぎりまで決められずに迷ったり、椅子を眺めては溜息を落としていたりしたじゃないか。今回の幽霊騒ぎでバイトを続ける自信がなくなったんだろ」

「そんなことは――」

「隠さなくていい。辞めるかどうか悩むほどの恐怖を味わったってことだ。いくら俺が無価値な引きこもり男でも、店の人間が仕事に関わる問題でストレスを抱えていたら、気にはなる」

「ヴィクトールさんは無価値じゃないですよ。……あっ、いや、バイトも辞めるつもりはないです、まだ大丈夫ですよ！」

気にかけてくれていたことへの純粋《じゅんすい》な感謝と、自信の喪失《そうしつ》をとうに見透かされていたという後ろめたさを同時に抱《いだ》いて、杏は心を揺らした。

「あのシェーカーチェアが本当にいわく付きなら、売り物として展示するのも気が引ける」

顔を覆ったままヴィクトールはぼそぼそと続ける。

椅子の問題はさておき――ヴィクトールはなんの裏もなく本当にこちらの精神状態を案じ

てくれたようだ。その事実がすとんと胸に落ちる。

（どうしよう、ヴィクトールさんが親切だ）

とても困る。思わせぶりな態度を取られることよりもっと、困る。

人類が嫌いと公言して憚《はばか》らない椅子至上主義の彼が、杏のためにシェーカーチェアを捨てようとしている。……そんなの、喜ばずにはいられないじゃないか。

（いやいや、ちょっと待って落ち着け私、喜んじゃいけない！）

今度はヴィクトールのストレスが限界を超えてしまう。杏の心の平和と引き換えにヴィクトールを死なせるわけにはいかない。それに現状では、椅子を解体すれば怪異も落ち着くとは必ずしも断言できないのだ。

——けれども、頬が熱くなる。

「うちが引き取った椅子なんだから、叩き壊そうが燃やそうが誰にも文句は言わせな……死にたい……」

「いっ、いいですから無理しないで!!」

「してないよ。俺は平気だ……。耐えられる」

「でもほら、取り置き予約のお客様とも連絡が取れていませんし、壊すのはどうかと！」

解体の意思を変えさせるためそう口にして、杏はふっと疑問を抱く。椅子を目にしてパニックに陥った望月もだが、予約客である日下部晶という人物もずいぶんと謎《なぞ》めいているように思う。なぜ偽の電話番号をわざわざ連絡先にしたのか。

「取り置き期間はすぎているんだから、とっくにキャンセル扱いだよ。もちろん、俺に椅子を寄越した星川仁にも口を挟《はさ》む権利はない」

と、ヴィクトールはいったん顔を上げ、硬い声で主張した。

「……椅子よりも、俺のような価値のない有機廃棄物《はいきぶつ》が処分されるべきだよな」

そして再び顔を覆う。

「そんなこと言わないでください。ヴィクトールさんは椅子愛が突き抜けすぎていて人間関係ひどいけれど、手先が器用で意外と親切だし、私にとっても大切なオーナーですよ！」

「……そう？」

「そうですとも！　ですので、ヴィクトールさんに解体を考えてもらえただけでもうじゅうぶんというか、嬉しいというか！　――はい、従業員としてですけども！」

杏は余計なことまで口走ってしまった自分に気づき、両手で頰を押さえた。

（ああー！　この人ってば、これだから！）

ヴィクトールのペースに巻き込まれて、ぼろぼろと失言してしまった。

だがヴィクトールのほうだって、結構熱烈な発言をしていなかったか。

どちらも、同じくらい恥ずかしい。その一言に尽きる。

まったく、開店前のフロアで自分たちはいったいなにをしているのだろう？

とりあえず杏は今にも死にそうなヴィクトールのために、気晴らしになるような話題を探した。羞恥心をごまかすためでもある。

ポルターガイスト発生の原因を探すのはいったんストップだ。今なら女幽霊が現れても笑顔で撃退できる――そんな気がする。

「ヴィクトールさん、そういえば店内に展示しているシェーカーチェアってハイバックが特《とく》徴《ちょう》のひとつになっていますけれども！　これっていつ頃生まれたフォルムなんでしょうか？」

ハイバックとは、高い背もたれのことだ。

椅子に関する杏の知識の引き出しは少ない。目の前にあるものから話題を絞《しぼ》り出《だ》すしかない。

いや、でもいわく付きのシェーカーチェア以外の椅子から話のネタを探すべきだったか。

そう焦った時、ヴィクトールがぱっと顔を上げた。

「ハイバックは中世……一三〇〇年から一五〇〇年の間に生まれているよ」

おっ、少し顔色がよくなった。この話題でよかったみたいだ。

なら、もう少し膨《ふく》らませてみようか。

「ええと確か、一五〇〇年代というと……」

前にヴィクトールからこの年代について聞いた覚えがある。ここでもう忘れました、なんていう敗北宣言をする展開だけは回避したい。

「ゴシックあたりの時代ですよね」

「うん」

ヴィクトールから、よく覚えていたな、という驚きの顔を一瞬された。現役高校生の記憶力を侮《あなど》らないでほしい。

「基本的に椅子とは、人が楽をするために考案され、生活の中で様々に工夫されていったものだ。もちろんこのハイバックにもそうした背景がある。が、ゴシック以前の時代にハイバックチェアがなかったかといえば、そんなこともない。かつては支配者の威厳《いげん》を示すために、背もたれも座面も脚部分も大きく、あるいは高く、豪華に作られていた」

「ん……待ってください。古くからハイバック系の椅子はあったけれども、生活に根ざす形でハイバックチェアが確立したのがゴシック時代あたりということですか？」

ヴィクトールがにこりとした。美男子にふさわしい魅力的な笑顔だ。

やった、かなり機嫌が直ってきているんじゃないだろうか。

杏は自分の作戦の成功を心の中で褒《ほ》め称《たた》えた。

「別にハイバックチェアに限った話じゃないよ。中世のルネサンスの時代には芸術から文化からなにから色々なものが新たに生み出され、発展を見せている」

あぁ来た来た、混沌《こんとん》の坩堝《るつぼ》のルネサンス……。

このルネサンスという時代は語るものがありすぎて、とにかく曲者《くせもの》なのだ。

杏は身構えた。しかし、ヴィクトールは、そこはさらっと流してくれた。

「そもそも、平民の家具はおよそチェストが原型となっている」

興《きょう》が乗ってきたのか、彼の口調が滑《なめ》らかになっている。

「チェストというと、収納ボックスのことで合ってますか？」

「合っている。中世においては大型のチェストが椅子やベッド、箪笥《たんす》の代わりとして活用されていた。生活の知恵だね、狭《せま》い家の中で場所を取らないよう、あれこれ工夫して家具を使っていたわけだ」

「へえ……そのチェストから、今説明されたようにベッドや椅子へ分岐《ぶんき》していったんですね」

「そう。ハイバックチェアもそのひとつ」

なるほど。

「収納付きの椅子の種類はいくつもある。たとえばカッサパンカという長椅子」

「カッ……サパンカ？」

「座面部分が蓋にもなっていて、その下に収納スペースが設けられている椅子のことだ。ベンチに似た構造で……というよりは、やっぱり横長のチェストっぽいかな。形からして重厚なデザインが多いよ」

「……あら、そちらのお品もルネサンスでございます？」

杏は片手を口元に当てて警戒しながら尋ねた。

「なんだ、変に畏《かしこ》まった言い方をして。ルネサンスだよ」

やっぱり来た、ルネサンス！

杏の芸術分野に関する知識をこれでもかと試し、打ちのめしてくれる魔の時代だ。

「ルネサンスはもう私をどうしたいんでしょうね。悩ましいものです」

「高田杏がルネサンスを目の敵《かたき》にしている」

「してません」

「君の大好きなダンテの時代なのに」

からかうように言うヴィクトールの瞳が、なんだか甘く感じる。でも話題はダンテだが。

「ダンテが好きなわけじゃないです！　ただダンテスカは、フォルムも恰好いいので好きだと思いますけれど！」

むきになって反論したあとで、ヴィクトールがにやにやしていることに気づく。

「恰好いいフォルムね……。そりゃ当然、ルネサンス以降のチェアは豪華に決まっているよ。芸術文化の花咲く時代なんだから」

「あぁどうしてもルネサンスから逃《のが》れられない運命なんですね……」

「うーん、逃れる……じゃあ、ウェインスコットチェアとか、どう？」

どういう椅子だろうと首を傾《かし》げる杏に、ヴィクトールが楽しそうな表情を向ける。

「羽目板という意味を持つ椅子だよ。これは非常に素晴らしい作りをしている。庶民《しょみん》向けではなく、貴族向けだね。見た目も豪華で作りも大きい。まさに権力を誇示《こじ》する椅子というか。背もたれ部分に象嵌《ぞうがん》を施《ほどこ》すこともある」

今の杏が気になるのは装飾の有無やターゲット層などじゃない。ルネサンスか否《いな》かだ。

「時代的には、ルネサンスからバロックに移り変わる頃かな。君、ルネサンスから逃れたいんだろ？」

……そうだけれども。まさかピンポイントで要望に合致《がっち》した時代の椅子を引っぱり出してくるとは。椅子マニア、すごい。

「ちなみにこの椅子はイギリスで生まれたものだから——つまり、ジャコビアンの様式になるね」

「ジャコビアン！」

おっと。思いがけぬ刺客《しかく》が来たぞ。前に、その時代について軽く説明してもらったことがあるのだ。

（この人、わざとジャコビアン時代の椅子を選んできたな！）

でも、ちゃんと覚えていますとも。ピューリタン革命に王政復古の時代ですとも。そしてかの有名なシェイクスピアの活躍《かつやく》した時代だ。

「ジャコビアン、どうぞ」

さあ来いと自信満々に胸を張った杏を見て、ヴィクトールが笑った。

「高田杏は本当にわかりやすいよな」

「なんですか、いきなり」

「俺の気分を浮上させようと思って、椅子の話を振ってきたんだろ」

ヴィクトールは優しい目で杏を見た。

「……いいえ」

一瞬詰まってから、杏は顔を背《そむ》けた。

こっちの思惑が完璧に見破られている。得意になっていた自分が恥ずかしい。

「その程度で俺を簡単に操れると思われるのはいささか癪《しゃく》だが」

「操るつもりなんかないです！」

なんてひどい言い方をするんだ、この人は。

ただ気晴らしになればと思っただけなのに。誤解されるのは悲しい。

どう言えば気持ちが伝わるかと口ごもっていたら、ヴィクトールが困ったように笑って、キャップを載せたままの杏の頭に手を置いた。

「君は単純だから、こうして話をするのは好きだよ」

えー……。

単純という評価に嘆《なげ》くべき？

（って自問しながらも、好きの一言にわかりやすく喜ぶ私ってちょろすぎない？）

こういう感情の動きもひょっとしてヴィクトールに筒抜けなのだろうか。その考えに至って、正面から視線を交わすのが途端に恥ずかしくなり、杏は俯いた。

でもヴィクトールは恋愛をしたくない派なのだ。それは前に、はっきりと言われている。だからここで杏があからさまに頬を赤らめたり恋愛感情有《あ》りな雰囲気を匂《にお》わせたりすると、ヴィクトールは間違いなく笑みを消して頑《かたく》なな態度を見せるようになるだろう。そうなったら、少しずつ楽しくなってきた椅子談義の時間まで失われてしまうかもしれない。

(それは、嫌だな)

杏は揺れる心を抑え付け、ぐっと勢いよく顔を上げた。頭に手を載せていたヴィクトールが、驚いたように一歩引く。

「単純ですとも！　私、認められたら素直に喜ぶほうなんで！」

なるべく明るく聞こえるよう、滑舌《かつぜつ》よく宣言する。

「あ、ああ」

「単純ついでに、幽霊退治もしちゃいますから！」

この先もバイトを続けたいなら、今発生しているポルターガイストをどうにかする以外にないのだ。

ヴィクトールとの関係を恋愛的な意味で発展させるのは至難の業《わざ》としか思えないけれども、椅子の知識が増えていくのは純粋に楽しい。

それにまだ、サクラ材のロッキングチェアを買うための目標金額に達成していない。恋愛よりも仕事重視だ。

そう意気込むが、ヴィクトールは急に真顔になった。

「いや、幽霊退治はやめろ」

「しますよ！」

渋面を作るヴィクトールに、杏は詰め寄った。

「椅子愛を拗《こじ》らせたヴィクトールさんに、シェーカーチェアの解体を選ばせるような真似はさせません」

「おい……、俺、それは喜んでいいのか？」

ヴィクトールが眉《まゆ》を寄せて悔《くや》しそうな表情を浮かべる。

「もともと私、お守り効果を期待されてバイトを始めたんですから。役目を果たさなきゃ」

「馬鹿だな、君、ちゃんとがんばっているだろ」

杏は目を瞬かせた。

「今もまだそれだけのために働いてもらっているわけじゃない。真面目《まじめ》に働いてくれているから、辞めてほしくないと思っているだけだ」

「え……、今日のヴィクトールさん、なんなんですか……」

杏はまた俯いた。今度はすぐに顔を上げられそうになかった。

（嬉しい）

好きという言葉をもらえるより、優しくしてもらえるより、仕事面で評価されたことが一番強く杏の胸を打つ。

「……盛り塩をいつもより多めにして様子を見ます。その間に解決策を考えますので」

杏は滲《にじ》む視界の中でその言葉を絞り出した。

ヴィクトールがこんなことを言ってくれるんだもの、やっぱりなんとかしたい。

6

杏《あん》の気持ちが上向きになったからか、それとも盛り塩や持ち歩くお守りの数を増やしたおかげか、その週は不気味な黒いワンピースの女幽霊に惑《まど》わされることなく仕事に集中できた。

雪路《ゆきじ》のほうも最近は目撃していないらしく、ほっとしている様子だった。

ヴィクトールがシェーカーチェアと揃《そろ》いで手に入れたという例のボックスシートは、今も工房に置いたままだ。雪路は、心の平穏のためにもできればその椅子を処分するか、いわく付きでもかまわないからほしいと希望する人に譲《ゆず》りたい、とこぼした。ヴィクトールも、かなり未練があるものの、希望者がいるなら譲っても……という意見に傾いているようだ。

しかし今回霊障の被害を受けていない小椋《おぐら》と室井《むろい》は、なぜせっかく修理を終えたボックスシートを工房で作製中の木製の帆船《はんせん》に載せないのかと、不思議がっているという。船に載せる目的で修理していたのだから、当然と言えば当然の反応だ。雪路は、彼らを怖がらせるのは可哀《かわい》想《そう》だからと言って、工房や店に出現する女幽霊の話を伏《ふ》せているそうだ。ヴィクトールもやはりおとなしく口を噤《つぐ》んでいるらしい。

「――と言いつつも、やっぱそう簡単には手放す気持ちにはなれないよな……」

つなぎ姿の雪路が、件《くだん》のボックスシートを見下ろして、はあ、と悩ましげな吐息《といき》を漏らす。

（雪路君も本当に鉄道が好きなんだな）

切なさ漂《ただよ》う彼の横顔を眺めながら、杏は曖昧《あいまい》な笑みを作る。

――今日は、木曜日。午後五時。

バイトも講習会もない日だったので、杏は昼から友人と出掛けていたのだが、その帰りについふらっと工房に立ち寄ってしまった。

店番担当の杏が休みの時は、店舗《てんぽ》側はクローズにすることが多いため、顔を出してもおそらく誰もいないだろうと思い、そちらへは寄っていない。

西日のまばゆさに目を細めつつ工房内をのぞいてみれば、ちょうど休憩中《きゅうけいちゅう》の雪路がおり、こうして切なげにボックスシートを眺めていたわけで。

そこで彼に、最近のポルターガイスト発生率についてやボックスシートを今後どうするか尋ねたら、先ほどの答えが返ってきたのだった。

「そういえば杏、今日は夏期講習の日じゃなかったよな？　もしかして誰かとデートだった？」

ふと気づいた様子で雪路が杏のほうを向き、さらっと全身をチェックする。

今日の杏はミニ丈《たけ》のフレアスカートにゆったりめのカットソーを合わせている。

デートでした、と見栄を張りたいところだが、違う。

「友達と買い物に行っていたんだよ」

「クラスの子？」

「そう」とうなずいたのちに杏はリュックを開け、中からすっと、とある物を取り出した。それを見て雪路がくしゃみをする寸前のような変な顔をする。

「……猫缶だな」

「猫缶です」

「……えっ、ひょっとしてクラスメイトと猫缶を買いに行っていたってことか？　なんで⁉　これ、店に供《そな》える用じゃねえの？」

「うん。ほら、前の幽霊騒ぎの時、クラスで猫を飼《か》っている子にね、キャットフードの種類について色々相談していたんだよね。買ったはいいけどお供え用にしなかったやつとか、相談のお礼に渡したりするうちにその子と仲良くなったんだ……」

「お、おう、それは……、よかったな……？」

きっかけが猫缶という部分に微妙な気持ちになったらしいが、雪路は諸々《もろもろ》の感情を飲み込んで、杏に友人ができたことを祝福してくれた。

とりあえずこの猫缶は壁際の木棚《きだな》に置き、二人で手を合わせておく。

「……じゃあ、ボックスシートをどうするかはまだはっきり決まっていない状態なんだ？」

話を戻して、杏はボックスシートのある奥側へと足を向ける。雪路も「ああ」と答えて、あとをついてきた。

「最終的にはヴィクトールの判断で決まるしな」

「まあ、そうだよね」

つまりこれって、杏のがんばり次第で椅子の解体、あるいは譲渡《じょうと》が決定するのでは。

（もう一回、このボックスシートを調べてみるか……）

もしかしたら前みたいに古い写真がどこからか、ぽろっと出てくるかもしれない。そう期待する一方で、どうしてもボックスシートに触れることに躊躇《ちゅうちょ》してしまう。また急な眠りに襲われて、おかしな夢を見てしまわないだろうか？　そんな恐怖が胸にこびりついてしまっているのだ。

「雪路君、座面の破れ目って修理したの？」

前にヴィクトールが、小椋の修理は完璧《かんぺき》で、その後には破れ目などなかったと言っていたが……本当だろうか。気になって雪路に尋ねると、彼は猫缶を見た時と同じように変な顔をした。

「破れ目？　座面は小椋さんが張り替えたけれど？」

「前に、雪路君と一緒にこのボックスシートに座った時、座面の生地が破れていた……気がして」

そこで発見した古い写真については、雪路に知らせていない。

言葉を濁《にご》す杏を見て、彼はますますいぶかしげな表情を浮かべた。

「破れ目なんてないよ」

念のためという様子で雪路がボックスシートに近づき、青い天鵞絨《びろうど》の座面を片手で撫《な》でる。

(やっぱりヴィクトールさんの言う通りだった。破れ目はなかったんだ)

杏は、鳥肌が立った両腕を無意識にさすった。

とするなら杏が見つけたあの古い写真は、状況的に黒いワンピースの女幽霊が用意したものということにならないだろうか？　そういえばあの写真は今どこにあるのだろう？　ヴィクトールに渡したはずだ。彼は職人たちに写真を落としたことはないか尋ねると言っていたが、雪路の反応を見る限りではまだ確認していないように思える。……もう聞くまでもないと思って処分した可能性もある。

杏は顔をしかめて雪路の腕を摑むと、ボックスシートから彼を引き離した。

(解体はしてほしくないけれど、ポルターガイストの原因を突き止めるまでは、ボックスシートもシェーカーチェアも別の場所に保管してほしいな……。ヴィクトールさんに頼んでみようか)

悩んでいると、「杏?」と雪路が困ったように呼びかけてきた。

雪路が杏の言動に戸惑《とまど》うのもわかる。いきなり破れ目だのと奇妙なことを言い出して、ボックスシートから彼を遠ざけようとしているのだ。

おそらく雪路のほうは「セットで手に入れたシェーカーチェアとボックスシートが最近起き

ているポルターガイストの原因なんだろうな」というふわふわした認識でいるはずだ。

彼も黒いワンピースの女幽霊を幾度《いくど》か目撃しているというが、杏ほどには恐ろしい目に遭《あ》っていない。そこまで気持ち的に切迫していないからボックスシートへの未練も強いし、急いで片付けようとも思わないのだろう。いや、もともと霊感持ちのため、ある意味こうした恐怖は日常茶飯事《さはんじ》というか……嫌な慣れだ。

彼を今以上に怖がらせるつもりはない。鉄道への情熱も失ってほしいとは思わないので、杏は破れ目についての説明を求められる前に話題を変えることにした。

「——あの、作業テーブルにあるミニチュアの椅子、かわいいね！　もしかして雑貨として販売するやつ？」

杏がとっさに指をさしたのは、手のひらに乗るくらいの小サイズの木製チェアだ。背もたれと肘掛《ひじか》け、座面部分がひと続きになっているような、曲線が特徴的《とくちょうてき》な構造だった。

「小さいけど、本物みたいに作りがしっかりしてるね」

「そりゃそうだ。雑貨じゃなくて、それ、実際に作るためのサンプルだもん」

雪路が片手でひょいとそのミニチュア椅子を持ち上げる。

「サンプル？　……建築模型みたいな感じ？」

「そう。デザインを決めて、設計する。それからこうして縮小版を作る。立体的に仕上がった状態を見ないとわからないことが多いからな。製図の時点ではよく見えたのにサンプルにしたら不恰好《ぶかっこう》になる、なんてこともザラにある」

「へえ。奥が深いんだねえ……。にしても、本当によくできてるね。このサンプルチェアだけでも売り物にできそう」

「座面とか肘掛け部分、ちょっと触ってみ」

促《うなが》されるまま指先で座面をこすってみると——。

「ふわああっ!? なにこの手触り!?」

思わず奇声を上げてしまった。

先ほどとはまったく違う理由で両腕に鳥肌が立つ。

「と、蕩《とろ》けそうな手触りなんだけど!! え、なにこれ、本当に木製なんだよね!?」

決して誇張《こちょう》したわけではなく、まるで絹か、上質の羽毛でも撫でたかのような感触である。

そして、堅《かた》いのに、やわらかい。そんな矛盾《むじゅん》した感覚ももたらしてくれる。

「なんていうか、たとえるなら新食感みたいな！ クリーミーっていうか！」

「ははは！ ちなみにこのツヤ、なにか塗布《とふ》しているわけじゃないからな」

「ニスじゃないの!?」

杏は驚きの目でサンプルチェアを見つめた。サンプルチェアは、全体的にニスを塗《ぬ》ったようにつやつやぴかぴかなのだ。

「すっげえ時間を費やし丁寧にやすりをかけたら、このつやと感触の域に到達するんだよ」

雪路がしたり顔で言う。

「やすりだけでこんなにとろとろな仕上がりになるの？」

「匠《たくみ》の技です。……っていうのは冗談で、まあこれ、やすりをかける面積が少ないサンプルチェアだからできただけなんだけれどさ。実際のサイズの椅子を作るとしたらここまでの手間はさすがにかけられないんで、普通にニスを塗るよ」

雪路の手からサンプルチェアを持ち上げ、杏は矯《た》めつ眇《すが》めつ眺める。

「木っていうのは生きものだ。人と同じで、磨《みが》けば光るってやつだな」

ほのかに得意げな表情を浮かべる雪路に視線を向け、もう一度杏はサンプルチェアの座面や肘掛け部分を撫でる。再び「ふわあ！」と奇声を発してしまうほどの素晴らしい感触だ。

（これが木の真髄《しんずい》か……！）

両手でサンプルチェアを掲《かか》げてしまった杏を見て、雪路が笑った。

「杏も、なにか小さいやつ、作ってみる？」

「えっ、私不器用なんだけれど、作れるかな」

「教えてやるよ。簡単な木箱とか、シンプルな玩具《おもちゃ》とかいいんじゃないか。初心者なら、扱《あつか》いやすいスギの木材がいいかな。タモやケヤキは堅いから扱いにコツがいる。それに、このタイプの無垢材《むくざい》はやっぱ高いしな」

いや、このバイトのおかげで椅子というか木製品は確かに好きになってきたけれども、だからと言って自作したいわけでは――。

（……作ってみたいような気も、しなくもない）

杏は葛藤《かっとう》した。

「あー、なんだか私、ここの職人たちの影響受けすぎてる。深みにはまる！」

それを聞いて、雪路がげらげらと笑った。その時だ。

「――ちょっとおまえたち。うちは職場恋愛、禁止なんだけど」

第三者の声に、杏と雪路は驚きながら同時に振り向く。

半分ほど開かれている入り口の戸からヴィクトールが顔をのぞかせて、責めるような目でこちらをじっと見ていた。

「はあ？　なに馬鹿なこと言ってんの？」

雪路が焦《あせ》ったように早口で言い返す。

「単なる雑談だっつの。――ってヴィクトール、帰ったんじゃなかったのかよ」

「君こそなにを言っているんだ。喉《のど》が渇《かわ》いたから飲み物を買いに行くと言った俺に、『弁当もよろしく』と図々しい頼み事をしたのはどこの誰だと思っている」

冷ややかに吐《は》き捨《す》てるヴィクトールの手には、なるほど、弁当とペットボトルが入ったビニール袋がさげられている。

やりこめられた雪路が押し黙る。

「それに高田《たかだ》杏、君もなんで工房にいるんだ。今日は休みだろ」

ヴィクトールの冷たい目が杏のほうにも向けられる。

「あ、作業の邪魔になりますよね、すみませんでした。もう帰ります」

頭を下げる杏に、雪路が慌てた顔をした。

「いや、邪魔じゃないから。――ヴィクトール、言い方ってもんがあるだろ」

ヴィクトールは答えず、つんと横を向いた。

(私が雪路君に手を出そうとしていると、誤解したとか……)

わずかに胸がちくりとしたが、杏は、ヴィクトールのすげない物言いに憤《いきどお》る雪路を宥《なだ》めてから、謝罪の通りにすぐさま工房を出た。

しかし少々顔が強張《こわば》ってしまっていたかもしれない。雪路が心配そうにこちらを見ていたのだ。

(ヴィクトールさんはもしかしたら職場恋愛禁止という以前に、私が休みの日にまで工房に押しかけていたのが嫌だったのかな)

職人でもないのに工房へ来るな、という感じだろうか。

ヴィクトールは距離感の摑みにくい偏屈《へんくつ》な男だ。少しは認めてもらえた気がしていたのだが……いや、仕事態度を多少評価されただけなのに調子に乗ってしまったようだ。

夏の熱気に揺らめく歩道を苦々しい思いで歩いていると、前方から顔見知りの男性がやってきて、声をかけられた。星川仁《ほしかわじん》の店で働いている「MUKUDORI」のスタッフだ。

「やあ、杏ちゃん。私服……ってことは、今日はバイト休み?」

「はい」

「そっか。……前にそちらの店から譲ってもらった板材のお礼にさ、ゼリーを持ってきたんだけれど。杏ちゃんが店番してないってことは、店自体、閉めてんのかな?」

「わざわざすみません。工房のほうになら、今、オーナーと雪路君がいますよ」

板材のやりとりの件は知らなかったが、杏は微笑《ほほえ》んで工房のあるほうを指差した。

「いやあ、『TSUKURA』さんって、杏ちゃんいない日はほぼ店を閉めているよな!」

あはは、と杏は笑ってごまかしておいた。男性スタッフもなにかを悟ったような笑みを浮かべている。

「そうだ俺、昨夜、そっちの店のほうを通ったんだけどさ、変な客を見たよ」

男性スタッフはふと、眉《まゆ》をひそめた。

「何時頃だったかな? 居酒屋で飯食おうと思っていて……八時はすぎていたかな。店のまわりをうろうろしていたから、『この時間は店、やっていないんですよ』って教えてやろうと思って近づいたんだよ。そうしたら、俺の気配を察してさっと逃げていったんだよな」

「え……本当ですか? どんな感じの人でした?」

「悪い、暗かったし、その時コンタクトも外していたんで、よく見えなかったんだ。黒っぽい恰好をしていたのはわかったけど。——でもさ、『TSUKURA』さんとこってよく考えたら、扉の前にシャッターおろしているよな。店が閉まっているのはひと目でわかっただろうに……」

杏は頰を引きつらせた。黒っぽい恰好？

まさかあの女幽霊がいたのか。

そう不吉な推測をしてしまったせいで、この暑さだというのに首筋が冷風を吹きかけられたようにひんやりした。


晴れ時々曇《くも》りの日曜。

花火大会の開催の日である。人のいい小椋たちは、「今日は休んでもかまわないから楽しんでおいで」と気遣《きづか》ってくれたが、杏はバイトに出るほうを選んだ。

（目指せ目標金額。ヴィクトールさんにも妙な誤解をされないよう、仕事がんばろう）

出店は日中から並んでいるが、花火の開始時間は夜七時半だ。開催地は港側なので少々距離があるものの、バイト後に駆けつけてもじゅうぶん間に合う。

だから夏の思い出作りに行こうと思えば行けるわけだけれども——杏はせっかくの友人たちの誘いを断った。仕事が終わったらすぐに帰宅し、明日の講習会で使用する問題集に目を通しておきたい。杏は数学と英語を選択している。苦手なリスニングの授業を集中的に受けて、新学期が始まるまでにしっかり克服しておかないと。火曜日にも講習会があって、その日には学力診断テストが行われる予定だから、他の教科の復習もしておかねばならない。

夏休み前のテストの成績が予想していたよりも悪かったため、怠《なま》けずにやろうと深く反省したのだ。

（まあ、期末考査の時はバイトのほうに気を取られすぎたせいでもあるんだけれど）

今後もバイトと勉強を両立させたいのなら、それ以外の時間を削《けず》るしかない。

机の上に積み上げられた問題集や参考書を見れば逃げ出したい気持ちになるし、ひたすらしんどいの一言に尽きるけれども、勉強は、真剣に取り組んだぶんだけ身につく。

バイトもそうだ。ヴィクトールみたいに他人との交流を避けているわけじゃないが、杏だって誰とでも友達になれるというほど社交的な性格はしていない。だが手探り状態で接客をこなすうちに、初対面の相手との会話をスムーズに行えるようになった。いい社会経験になっていると思う。

だから今年の花火大会は我慢。……来週に市街地側で開催される祭りには行きたいけれども！

杏は誘惑と戦いつつも、店内の清掃に勤《いそ》しんだ。

花火大会当日というだけあって日中はどこも人であふれているらしく、店にもいつも以上に客の訪れがあった。猫缶を通して親しくなったクラスメイトも一度、顔を見せにきてくれた。新品の浴衣《ゆかた》がちょっと羨《うらや》ましかった。

夕方を回る頃になると、波が引くように客が去っていった。皆、開催地の港側に移動したらしい。少し前まではまだ店の外から通行人の楽しげな笑い声が聞こえていたのに、五時をすぎればそれもなくなる。

この時期、まだまだ空は明るいが、客の姿が見えなくなったあたりから急に雲が増え始めた。そのせいで外の通りも薄暗い。

「花火、大丈夫かな」

杏は扉から一度顔を出し、灰色の雲を散らした不穏な空をうかがった。打ち上げの時刻まではもう少し余裕がある。それまでに雲が流れたらいいのだけれど。

六時をすぎて店内の片付けを終えた頃、レジのお金を受け取りにヴィクトールがやってきた。家まで送ろうという申し出を、杏は気持ちだけありがたく頂《いただ》いて、断った。今日は帰りに本屋へ寄って、日本史の参考書を買いたい。それの他にもほしい本がある。

店を出たのは六時四十五分。書店で目当ての本を購入した時には既に七時を回っていた。その頃になると、さすがに夜の気配が濃くなり、空の色も暗くなっている。

空腹も感じてきたし、早く家に帰ろう――そう思い、カゴバッグを抱《かか》え直《なお》したところでふと違和感《いわかん》に気づく。

そういえばレジで財布を出した際、カゴバッグの中に「TSUKURA」の店の鍵《かぎ》が見当たらなかったような。

（え、まさかどこかに落とした？）

一気に心臓が冷えた。

バッグの中を急いで探るも、やはり見つからない。

入っているのは二つ折りの財布に必要最低限のメイク道具を詰め込んだ小型ポーチ、ティッシュにスマホ、ガム、ボールペンにメモ帳。家の鍵ならあるのに店のものはない。あとは、バイトの時には必ず所持するようにしている一冊の文庫本。

杏はそれを手に取り、まじまじと見つめた。佐々木丸美《ささきまるみ》という女性作家の古い本で、これは店の扉の横に飾っている羽ペンモチーフの椅子の座面に置かれていたものだった。

客の落とし物か、捨てていったのか、いまだ判断がつかない。

もしも落とし主が現れたら渡そうと思い、こうして持ち歩いている。なぜか店に置いておく気にはなれなかったのだ。

いや、今は文庫本に思いを馳《は》せている時ではない。

カゴバッグの中へその本を戻してから急いで書店に戻り、立ち寄ったコーナーを念入りに確認する。しかし、やはりそこにも鍵はなかった。

期待を込めて落とし物が届けられていないか店員にも尋ねたが、収穫なし。

「どうしよう……」

杏は焦りに駆られながら、「TSUKURA」の店への道を辿《たど》った。

どこでなくしたんだろう。書店に到着するまでバッグの中はいじっていない。先ほど確認した時には底に穴もあいていなかった。それを考えると、途中で落とした可能性は低い。もちろんカゴバッグをさかさまにした覚えもない。カゴバッグに蓋《ふた》はないが、そのかわり内布の紐《ひも》で開け口を絞《しぼ》ることができる。多少斜《なな》めにした程度で中身が落下するとは思えなかった。

他に考えられるとすれば、シャッターを閉めた時だ。バッグに入れようとした際に落ちてしまったのではないか。

わずか一時間以内の出来事だというのに、その時の自分の行動を正確に思い出せない。

（現役高校生の記憶力……！）

自分の記憶力のダメっぷりに項垂《うなだ》れたくなる。

早足で道を急いでいると、ドンと胸に重く響く音が聞こえた。

杏はどきりとして足をとめた。そうだ、もう花火の打ち上げ時間だ。

反射的に空を仰《あお》げば、高さのある雑居ビルとマンションの間から菊を連想させるような大輪の花火が見えた。一瞬その華《はな》やかさに見惚《みと》れてから、また、はっと我に返って足を動かす。

花火の音に背を押されるようにして歩調を速めるうち、左右を銀杏《いちょう》の木に挟《はさ》まれた三角屋根の赤煉瓦《あかれんが》倉庫が見えてきた。

夜の「TSUKURA」の外観は、杏に淡い恐ろしさを抱《いだ》かせた。この一帯は街灯の数が少ない。時間的にクローズしているショップも多いため、尚更《なおさら》明かりが乏《とぼ》しく感じられる。

杏はシャッターがおろされている店の前に到着すると、すぐさま身を屈《かが》めて地面を確認し始めた。

「ない……」

嘘でしょお……と力なくつぶやきながら、シャッターにへばりつく。ここじゃないとすると、店内に忘れてきた？　いや、そんなわけがない。シャッターがこうして閉まっている。自分が鍵をかけたことは確実だ。

（いや待って。私が出る時、店にはまだヴィクトールさんが残っていたじゃないの）

杏が店内に忘れた鍵を彼が発見し、それを使って帰り際にシャッターを閉めたのではないか。もしそうだとしたら、大事な物を忘れていった杏に対して、責任感がないと呆《あき》れているに違いない。

せっかく仕事を評価してもらえたばかりなのに自分で台無しにしてしまった。

（どうしてこう、がんばろうと思った矢先にアクシデントが起こるかな！）

自分の鈍臭《どんくさ》さが嫌になる。

とにかく一度ヴィクトールに確認してみよう。そう思い、憂鬱《ゆううつ》な気持ちでカゴバッグの中からスマホを取り出した時だ。今頃になって、ぱっと明かりがついたかのようにダメダメだった記憶力が復活する。

（あー！　そうだった、なくしちゃいけないと思って、わざわざポーチの中に突っ込んだんだった！）

内ポケット付きのバッグだったら迷わずそこに入れていただろう。だがこのカゴバッグにはそれがない。だから、万が一の紛失《ふんしつ》を防ぐためポーチに入れたんだった。

その余計な一手間をすっかり忘れていたのだ。

その場に屈み込んでカゴバッグを地面に置き、ポーチの中を確かめてみれば……あった。

「あったよ、鍵ぃ……！」

よかった。よかったんだけれども、なんか切ない！

杏は片手で鍵を握り締めたまま、深い溜息を落とした。

もうなにをやっているのだろうか、自分は。

情けなさでしばらく顔を上げられなかった。自分への信頼感がマイナスになったせいか、店内になにか大事なものを忘れてきているんじゃないかという不安まで芽生えてしまう。

ちょっと確かめておこう。

杏はのろのろと身を起こし、シャッターを開けた。

ライトをつけ、まずはアンティークチェアを展示している「TSUKURA」側のカウンター周辺とバックルームを点検する。それからオリジナルチェア専門の「柘倉《つくら》」側のフロアへ移動し、同じように気になる場所を確認する。

「あ、ヴィクトールさんのキャップだ」

黒いキャップが「柘倉」側のカウンターの上に放置されているのを発見した。

杏は、それを頭に載せられた日の出来事を思い出す。

あの日、ヴィクトールが工房へ向かったあとも、杏はしばらくそのキャップをかぶったままだったのを忘れていたのだ。おかげで、店の制服であるシックなワンピースに活動的なキャップというちぐはぐな組み合わせで最初の客に対応するはめになり、ちょっと変な顔をされてしまったのだった。その日のバイト終了後、気恥ずかしさをごまかすため怒りながらキャップを返した杏に、ヴィクトールは不思議そうな顔をしていた。

今週の彼は、カジュアルとクラシカルな恰好を交互にしている。たぶん、塩を買う先の店員対策だろう。

今日はカジュアルの日だったから、このキャップを合わせてきたのだ。彼はなぜかカジュアルバージョンの時は全身ダークカラーになる。絶対に目立ちたくないという心理が働いているらしいが、そもそも顔立ちが華やかなのだから多少服装を捻《ひね》っただけではどうにもならないと思う。無駄な努力だ。

（ヴィクトールさん、キャップを忘れていったみたい）

杏は誰も見ていないというのにきょろきょろとあたりをうかがい、そっとキャップをかぶった。

店の制服とは合わなかったが、私服とならそこまでの違和感はないはずだ。今の杏はデニムのショートパンツにノースリーブ、カーデがわりのシャツという恰好をしている。

……このキャップは今度のバイトの日まで預かっておこう。

メモを残してカウンターに置いていくという案も浮かんだが、やっぱりこのままかぶっていくことにする。着用しても彼に叱《しか》られることはきっとないだろう。

一応、『あなたのキャップは私が預かっています。返してほしくば、次の水曜日までに塩の購入お願いします。残りのストックはあと一袋です』という誘拐犯じみたメッセージをスマホからヴィクトールに送っておく。ついでに証拠画像も撮影《さつえい》した。

それを送信し、満足の息を吐《つ》いたあとで、やっと冷静になる。

(人のキャップを勝手にかぶって自撮《じど》りした上、その画像を堂々と送りつけるとか)

いったいなにをしているのか。

「待って待ってやばい、送信なしなし、待って」

震え声で懇願《こんがん》しながら、スマホの画面を指先で叩く。が、既に画像付きメッセージは送信されたあとだ。

「ああー!」

杏は喉の奥で呻《うめ》き、カウンターに突っ伏した。

（ヴィクトールさんにさっきのメッセージは見ずに削除《さくじょ》してって、もう一度送ってみる!?　っていうか、むしろ一分前の私を誰か削除して……）

恋人でもないのにいくらなんでも厚かましすぎやしないか。

ヴィクトールが変人で、なおかつ距離感もおかしいから、つい杏のほうもいつもならまずしない大胆《だいたん》な行動を取ってしまうのだ。

杏は顔を伏《ふ》せたまま、両手でばしばしとカウンターを叩いた。「やってしまった感」があとからあとからわき上がってきて、頬を熱くする。

……ヴィクトールには、気持ちが落ち着いてからきちんと謝罪《しゃざい》メッセージを送ろう。

杏は深く息を吐き、のろのろと顔を上げた。反省と後悔はあとで死ぬほどするとして……そろそろ帰らないと。

先ほどからひっきりなしに花火の音が響いている。このぶんだと、家に着く頃には八時を回ってしまうのではないだろうか。帰りの遅い杏を母も心配しているに違いない。そちらにはすぐにメッセージを送っておいたほうがいい。

「書店に寄ったため帰宅が遅れる」といった内容を急いで打ち込み、送信後、スマホをカゴバッグへ戻す。それからキャップのツバの位置を直す。

その直後、チリンと鳴るベルの音が杏の耳に届いた。

杏は動きをとめ、さっと扉に目をやった。

違う、音が鳴ったのは、杏が今いる「柘倉」側の扉ではない。隣のフロア側の扉に取り付けているベルが鳴ったのだ。

そう認識すると同時に、両腕の表面が粟立《あわだ》つ。

(向こうの扉の鍵って、ちゃんとかけてきたっけ?)

——かけていない。

忘れ物の確認を終えたらすぐに店を出るつもりでいたので、そのままだ。

「柘倉」側の扉とシャッターは開けていない。店に入ってくる時は「TSUKURA」側のシャッターを開け、こちらへは内部ドアを通って移動している。

体温が急に奪われていくような錯覚《さっかく》に襲われる。パニックになりそうな自分を宥めようと、杏は無理やり唾液《だえき》を飲み込む。

単に強風がベルを揺らしただけ……と思いたいところだが、扉を開けっ放しにしているのでもない限り、それはまずありえない。ベルは店内側に取り付けられている。勝手に揺れるはずがないのだ。

だとしたら、誰かが「TSUKURA」側の扉を開けてベルを鳴らしたとしか思えない。

でもいったい誰が?

花火を見に来た観光客が道に迷って店に入り込んだ?

考えられなくはないが、その可能性は低い。打ち上げ場所は港側だ。皆、開始時間に合わせてそちらに向かっているだろうから、店があるこの一帯はとうに人の気配が絶えている。静まり返っている通りの様子を見れば、こちら側に打ち上げ場所がないことなどすぐに察しがつく。あとは、花火の音や光、そして人の流れを探せばいいだけだ。

じゃあ、花火客とは無関係の、普通の客が来たのかというと、それも少々考えにくい話だった。扉にかけているサインボードはクローズになっているはずだ。つけたライトも必要最低限。この状態で客が入ってくるとは思えない。

だったらもう——やっぱり『アレ』が出たと考えるべきではないか。

喉元すぎれば熱さを忘れるというか、今週は女幽霊が現れなかったため心のどこかに隙《すき》があったことは否《いな》めない。

(幽霊が消えるまで待つ？　……でもすぐに消えるっていう保証はないし、ただじっとしているほうが怖い)

杏はカゴバッグを抱え込み、半《なか》ば自棄《やけ》になりながら覚悟を決めた。余計なものを見ないように注意して扉まで急ごう。そして鍵をかけたあとは全速力で逃げるしかない。

でも今日履《は》いてきたウッドサンダルは少し底が厚めで、走りにくいかもしれない。そんな弱気な考えが脳裏《のうり》をよぎった時、「TSUKURA」側から、がたがたとなにかを動かしているような不自然な音が聞こえてきた。

杏の眉間《みけん》に知らず皺《しわ》が寄る。どういうことだろう？　例の黒いワンピースを着用した不気味な女幽霊がフロアを歩き回っている……というには、やけに乱暴な音のように聞こえる。むしろこれは、人間が出している音ではないか。

もしかして本当に客が入ってきたのか。それとも、ヴィクトールが戻ってきた？

彼の姿を脳裏に描くと、少しだけ不安がおさまった。前にもヴィクトールはいいタイミングで姿を見せたことがある。杏が女幽霊と鉢合《はちあ》わせし、恐怖におののいていた時とか。今回もそうなんじゃないだろうか。というより先ほど送ったメッセージを見て、店にやってきたのかもしれない。

ただ、それにしてはちょっと到着が早すぎるような気もするけれど――。

胸に芽生えた小さな違和感を無視し、杏は慌てて内部ドアを開け、隣のフロア側へと駆け込んだ。

すばやく視線を巡らせれば、思った通りカウンターの内側に誰かがいるようだ。引き出しを開けるためか、その人物は身を屈めているので、背中の一部しか杏の位置からはうかがえない。が、黒いカットソーを着ているようだし、それならヴィクトールで間違いないだろう。今日も彼は黒尽くめのカジュアルファッションだったのだ。

「ヴィクトールさん、私のメッセでもしかして戻ってきたんですか？　なにか探し物を――？」

カウンターテーブルに手をつき、内側へと身を乗り出すような体勢で彼に話しかけた直後だった。

彼が、弾《はじ》かれたように顔を上げた。

ヴィクトールではなかった。

カウンターの内側にいたのは、子どもに人気のアニメキャラクターのお面をつけた男だった。

「えっ」

杏はとっさに状況がわからず、ぽかんとした。

——誰？

幽霊ではない。

人間だ。

体型からして男だろう。でもヴィクトールじゃない。彼ほどには背が高くない。しかし黒尽くめの恰好だったせいで、彼に違いないと安易に決めつけてしまったのだ。男が最初から立っている状態であれば別人だとすぐにわかっただろうに——。

アニメキャラのお面をつけた男とカウンター越しに向き合う、という非日常的な事態に杏は戸惑い、身動きができなかった。

幾度《いくど》か忙《せわ》しなく瞬《まばた》きを繰り返してから、「そうか今日は花火大会なので会場付近には夜店が出ているだろう、きっとそこでお面が売られていたのだろう」と頭の片隅で理解する。

問題は、なぜわざわざお面で顔を隠した男が店に侵入《しんにゅう》したのか、だった。

——本当に怖いのは幽霊なんかじゃない。人間だ。

そんな当たり前のことを杏は忘れていた。普通なら、不審な物音が聞こえた場合は真っ先に強盗でも現れたのかと疑うだろう。けれども杏は違う。店に何度もポルターガイストが発生したせいで、不審な物音に対してもまず先に幽霊の出現を考えてしまうようになっている。

それに、そうだ。前に道端で会った「MUKUDORI」の男性スタッフの話も、もっと真剣に聞くべきだったのだ。黒っぽい恰好の人物が店のまわりをうろうろしていたと言っていたではないか。あの時もとっさに幽霊の可能性を考えてしまっている。

(逃げなきゃ)

焦りを伝える自分の声がサイレンのように頭の中で響き渡る。

遅れて、身体の深い部分から、恐怖が勢いよく這《は》い上《あ》がってくる。

(早く、動かないと)

身を翻《ひるがえ》そうとして、杏はよろめいた。その動きが合図になったかのように、お面の男も行動を起こした。自身の腕がカウンターの端にぶつかるのも構わずに飛びかかるような勢いでこちら側へ回ってきて、体勢を立て直した杏の肘の下あたりをきつく摑む。その拍子にカゴバッグが音を立てて杏の手から落下した。それを、ぐっと身を寄せてきた男がスニーカーの先で離れた場所へと蹴《け》飛《と》ばした。

抵抗する気力などとてもなかった。杏はただひたすら茫然《ぼうぜん》と、にっこり笑っているアニメキャラのお面を凝視《ぎょうし》した。くり抜かれている目の位置から、男が杏を見つめていた。

「あ……、ど……」

あなたは誰なの。

私をどうするつもりなの。

舌が麻痺《まひ》したようにうまく動かない。腕を摑む男の手の力は、肌に食い込むほどに強い。その部分がじんじんと痛みをもたらすのに、どこか現実感がなかった。

男もひどく緊張しているのか、その手は冷たく、汗ばんでいる。皮膚《ひふ》に張り付くような濡れた感触が気持ち悪いが、その生々《なまなま》しい感触こそが、確かに男が生身の人間であることをはっきり証明してもいた。

言葉を失って固まっている杏をしばらく眺めると、お面の男はゆっくりと動き始めた。近い場所に展示されていたアンティークチェアに、杏を無理やり座らせる。その時に、男の、杏の腕を摑んでいたほうとは逆の手に、使いかけのガムテープがあることに気づいた。あれはきっと、カウンターの一番下の引き出しに突っ込まれていたものだろう。

男は無言で、杏にガムテープをちらつかせた。そうする意図がわかった。暴れるな、おとなしく拘束《こうそく》されるのならなにもしない。そう脅《おど》している。

人は本当に恐ろしい目に遭うと、悲鳴さえ上げられないのだと知った。恐怖で、音が鳴りそうなほどに杏の全身が震えた。頭部もじっとりと汗ばみ始める。デニムのショートパンツから伸びている太腿《ふともも》の表面も汗でつやつやと濡れていた。杏は自分の状態を目にして、座面と密着している太腿の裏がやけに気になった。

（あぁ、汗で座面を汚《よご》しちゃう……）

ヴィクトールが悲しむかもしれない。こういう場合、あの人はおそらく怒るよりも嘆《なげ》く。

お面の男がビッと勢いよく音を立ててガムテープを伸ばし、強い警戒をうかがわせながら慌ただしく背もたれごと杏の胸に巻き付ける。ぐるぐると容赦《ようしゃ》なく。

それを終え、腰を浮かしかけたところで男は、はっと気づいたように杏の口にも短くガムテープを貼った。髪の毛が何本かテープの内側に巻き込まれた。口を塞《ふさ》いだあとは、両足首にもガムテープを巻き付けてくる。

あからさまなほどに手際が悪い。そうわかっていても、畏縮《いしゅく》しきった杏の手足は動かなかった。

お面の男が、いかにもこうした犯罪行為に不慣れで焦っているからこそ、より怖い。ちょっとでも抵抗したら、過剰《かじょう》な反応をされるのではないかと思えてならない。

店内には凶器になりそうなものがいくらでも転がっている。たとえば、フロアに並ぶ重たげな椅子を杏に力いっぱい叩き付けてくるかもしれない。いや、単純に拳《こぶし》で死ぬほど殴りつけられるかもしれない……。

その場面を想像するだけで、手足が恐怖で痺《しび》れた。視界が歪《ゆが》み、目の奥も火がついたように熱くなる。頭皮を濡らしていた汗がこめかみに流れ、首を伝った。

嫌だ、汗をかきたくない。椅子が汚れてしまう。――ええと、この椅子は、なんだったっけ？

確か、一八〇〇年代に作られたサロンチェアだったはず。目録には、シールドバックチェアと記入されていたように思う。

シールドバックってなんだっただろう。その説明も記載されていたのに思い出せない。

座面にはブルーの天鵞絨のファブリック。そうだ、工房にあるボックスシートの座面もブルーだった。ヴィクトールによると「銀河鉄道の夜」に登場する軽便鉄道の座席にもブルーの天鵞絨が張られているんだとか。それが事実かどうか気になって、本を読んでみたくなった。今日、書店へ寄ったのは参考書のためだけじゃなくて「銀河鉄道の夜」も買いたかったからだ。とうとう私も鉄道ロマンにそまる時が来た……。

思考があちこちにぶれる。そうして現実逃避する間もお面の男は杏にガムテープを巻き付けていた。座面ごと太腿に。

この椅子を手入れしたのは小椋だ。せっかくきれいにワックスをかけて艶《つや》を出したのに、ガムテープなんかくっつけたら台無しになる。なんてひどいことをするんだろう。

でも、ひょっとしたら私も、ガムテープを巻かれる以上のひどいことをこれからされるんだろうか？

喉の奥が震えた。なんだか急に気分が悪くなってくる。ガムテープの匂《にお》いがきついせいだろうか。吐きそうだ。瞼《まぶた》も熱い。視界が、陽炎《かげろう》を映《うつ》しているかのように涙で揺らめく……。

高熱を出した時のように意識が朦朧《もうろう》とする。

お面の男は杏を拘束すると、余裕のない慌ただしい動きで数歩離れた。そのまま逃げるような素振《そぶ》りを見せたが、思い切った様子でカウンターの内側に戻り、なにかを探し始める。

椅子に拘束された杏の位置からではカウンターの内側が見えない。だが、男が引き出しを物色していることは音で判断できた。

(紙をめくっている。引き出しに入れていたのは、椅子の目録……。いや、顧客名簿?)

霞《かすみ》がかかった意識の中で男の気配を探る。やがて男が動きをとめた。耳鳴りがしそうな沈黙の中、「嘘だ……」というかすれた声が聞こえた。どうやら男が目的のものを探し当て、それに驚愕《きょうがく》しているらしかった。

いったいなにを見てそんなに驚いているのだろう。杏は闇《やみ》に飲まれてしまいそうな意識を必死につなぎ止めて男の声に耳を澄ませた。

嘘だ、どうして、と男は早口で独り言《ひとごと》を漏らしている。杏の存在を忘れたように。だがふいに、「ひっ」と小さな悲鳴を上げた。

杏もつられてびくっとした直後、唐突に笑い声が響いた。杏のものでも男のものでもない、別の誰かの声だった。

空気が急に、ずんと重くなる。そして湿気ったように冷え冷えとし始めた。異臭《いしゅう》も漂《ただよ》ってくる。

杏はめまいを覚えた。この異様な、重苦しい感覚を知っている。視界がぐらぐらと揺れ、意識が朦朧とし始めたのも単に恐怖を味わったからという理由だけではなかったようだ。

『——死ぬまで一緒』

男とも女とも言えない、妙に反響するような声が鼓膜《こまく》を震わせた。

『死んでも一緒』

杏は全身に力を入れた。

あぁまただ。

また現れたのだ、あの女幽霊が——。

『一緒って、言ったのにぃぃ』

不気味な声に、強烈な恨《うら》みが乗った。

お面の男がぎゃあと悲鳴を上げ、身を起こした。フロアに展示しているアンティークチェアに足をぶつけながらも一目散《いちもくさん》に逃げ出す。

遠ざかる乱れた足音。乱暴に開かれる扉の音、ベルの音。男が店から去ると、波が押し寄せてくるかのように静寂が舞い戻った。フロアに取り残された杏はきつく歯を食いしばった。椅子に拘束されている状態なのだ、これでは逃げようがない。幽霊と二人きりだ。

ががががと妙な音がし始める。杏は視線を巡《めぐ》らせた。首を動かし、スキップフロア側のほうへ顔を向ける。

あのシェーカーチェアの上に、俯いて座る女幽霊の姿があった。彼女が小刻みに身を揺らしているため、椅子の足が音を立てたらしかった。

ぼうっとその様子を見ていると、女幽霊はふいにぴたりと動きを止めた。と思いきや、まるで昏倒《こんとう》したかのようにごんっと頭から床に落下する。その大きな音が、遠のきかけていた杏の意識をはっきりさせた。恐怖もより明確なものになる。

『言ったのに、言ったのに、言ったのに』

女がぶつぶつと呻く。呻きながら、両肘で床を這《は》って、杏のほうに近づいてくる。瀕死《ひんし》の人間が身体を引きずりながら動いているような感じだった。

『言ったでしょお、言ったでしょお』

杏は顔を歪めた。全身をガムテープで巻かれているおかげで、腕も脚も動かせない。

どうしてこんなことに。杏は何度もそう心の中で叫びながらガムテープを引きちぎろうともがいた。いっそ椅子ごと立ち上がればいいのかとも思ったが、情けないことにバランスを取れそうにない。きっと一歩も進めず転倒してしまう。

杏が荒く息を漏らして奮闘《ふんとう》する間に、女幽霊が迫ってくる。ぐちゃぐちゃに絡まった長い髪。古い型の黒いワンピース。床を這う両腕はところどころ腐っている。

目の前まで這い寄ってきた女幽霊が、杏の足首を勢いよく摑んだ。全身に鳥肌が立った。

『言ったの、本当に』

女幽霊が執拗《しつよう》に訴《うった》え、ゆっくりと頭を上げる。杏は戦慄《せんりつ》とともに女幽霊を見下ろした。濁った目が、杏を見ていた。

わかったから、あなたの言葉を信じるから、もうやめて。

恐ろしさに身を震わせながらそう念じた時――。

『一人は嫌。暗くて、冷たいの』

杏はふと目を見開いた。

『私を探して』

「――」

どういう意味なのかすぐには飲み込めず、杏はうろたえた。

(なにを探してほしいって――?)

聞き返したくても口にはべったりとガムテープが貼られている。

うんうんと唸《うな》り、懸命に瞬きをした直後だ。

どん、と花火の音が聞こえてきた。

杏は我に返った。この瞬間まで、聞こえていたはずの花火の音がなぜか遠ざかっていたのだ。

反射的に扉のほうへ目をやり、慌てて視線を床の女幽霊に戻したあとで、息を呑《の》む。

いつの間にか、女幽霊の姿は消えていた。

全身から力が抜けた。杏はしばらく、なにも考えずにただ荒い息を漏らす。そうして自分を落ち着かせる間、港側で打ち上げられている花火がどんどんとくぐもった重い音を店内にまで響かせていた。

だが放心していられたのはせいぜい数分のことだろう。

チリン、とまたベルの音が鳴る。

お面の男が戻ってきたのかと思った。感覚が狂ってしまったせいか、新たな恐怖や不安がわいてくることはなかった。杏はひたすら脱力した状態で扉のほうを見つめた。

開かれた扉から、黒尽くめの、長身の男が入ってくる。

「……高田杏? いるのか?」

聞こえた声と靴音《くつおと》に、杏はなぜかとっさに目を瞑《つぶ》ってしまった。

足音はこちら側へ一、二歩近づいただけで、すぐにとまった。

「……は?」

気の抜けたような声が耳に届く。視線も感じた。こんな姿は見られたくなかったな、と杏は泣きたいような気持ちになった。

「そこでなにを――って、君……」

杏はおそるおそる瞼を開いた。

立ち尽くしているヴィクトールと、目が合った。

見開かれている彼の目に、様々な感情がよぎる。驚き、怯《おび》え、恐怖……。それから、見たこともないような怖い顔をしてこちらへ駆け寄ってきた。

衝突する勢いで杏の前に屈み込み、ガムテープを引きちぎろうとする。だがこれだけぐるぐると何重《なんえ》にも身体に巻き付けられているのだから、いくら成人した男の力でもそう簡単に引きちぎれるわけがない。

ヴィクトールは、らしくなく苛立《いらだ》った舌打ちをすると、身を起こしてカウンターへ駆け寄った。引き出しを乱暴に開ける音が聞こえた。

こちらへ戻ってきた彼の手には、ハサミがあった。杏に断りを入れることなく上半身に巻かれたガムテープを切り始める。両腕を自由にしてくれた次は、太腿のテープを。

杏はその間に、凍《こご》えてしまったように力の入らない手を無理やり動かし、口のテープを外した。ぴりぴりと痛みが走る。口の端が切れてしまったのかもしれない。

杏が口のテープを外し終わるよりも、ヴィクトールの作業のほうが早かった。見下ろした太腿にはテープの痕《あと》が残り、赤くなっていた。

ヴィクトールはまだ足首のテープが残っているのに杏の身体を引き寄せ、かき抱いた。頽《くずお》れるようにして二人とも床の上に座り込んでしまった。

杏以上にヴィクトールの呼吸のほうが乱れていたし、後頭部や背に回った腕も震えていた。そのせいで、真っ先に杏の頭をよぎったのは「怖かった」でも「警察に連絡を」でもなく、「ヴィクトールさんが死にそうな顔になっている、早く気晴らしになるような椅子の話をしないと

……」という間の抜けた、しかし切実な考えだった。

「あの――この椅子、シールドバックチェアで合ってますか？」

「――はあ⁉」

ヴィクトールががばっと身を離し、大声を出す。

「すみません、汗で座面を汚しちゃったかも……」

椅子に拘束された時からそのことがずっと気になっていたのだ。

傷を消し、歪みを戻して、ワックスを塗って……そうやってきれいに修理した椅子なのに、台無しにしてしまったのではないかと。

「君、なにを言って――」

唖然《あぜん》とするヴィクトールの顔に、じわじわと怒りが滲む。

「違うだろ！　馬鹿か？　気にするのはそこじゃないだろうが‼」

え、ヴィクトールさんがまともな反応をしている。

「でも、座面が」

「座面なんてどうでもいい！」

ヴィクトールの迫力に気圧《けお》されて、杏は身を硬くした。

「冗談を言っている場合じゃないだろ、頭がおかしいのか⁉　それとも君――まさか俺を脅かすために、一人でこんな真似《まね》をしたとか言わないよな⁉」

「いえ、そんなことしません、でもアニメの男と幽霊がいて」

違う、アニメの男じゃなくて。ああ私、混乱しているんだ。

自分の状態をもう一人の自分が頭上から俯瞰《ふかん》しているような感覚に襲われる。

「アニメキャラクターのお面をつけた男が店に入ってきて、それで」

青ざめた顔でこちらを睨《にら》むヴィクトールと目を合わせるうち、また瞼が熱くなってきた。すぐに熱い塊《かたまり》がぼろっと杏の目からこぼれ落ちる。

途端にヴィクトールが怯《ひる》んだような表情を浮かべ、怒りを消し去った。

「ヴィクトールさん……、シールドバックって、なんでしたっけ……」

泣きながら聞くようなことじゃない。混乱しすぎだ。

「そのままだよ。盾形《たてがた》のデザインの背もたれという意味だ。盾といっても武骨《ぶこつ》さは一切感じさせない。見てわかる通り、優雅なデザインだろう」

たぶん、即答したヴィクトールも混乱していたのだと思う。

「十八世紀の終盤《しゅうばん》にかけてヨーロッパで流行した椅子だよ。実用性と美の両立を目指したデザインなのは言うまでもない。ダイニングチェアとしても合う、使い勝手のいい椅子なんだ」

「はい」

「材質はマホガニー。状態も良好だよ。それで、槍《やり》の先端みたいな、特徴的《とくちょうてき》なこの脚の先端をスペードフットと言い……」

ヴィクトールはもう一度杏の身を胸に引き寄せると、先ほどとは打って変わって優しい声で椅子談義をし始めた。そこには確かに労《いたわ》りがこめられている。杏は脚の種類の解説を続けるヴィクトールの胸に体重を預け、声なく相槌《あいづち》を打った。密着した部分から体温が伝わり、冷え切っていた心をとろりとあたためた。

7

「――お店に侵入《しんにゅう》して私にガムテープを巻き付けたお面の男は、望月《もちづき》さんなんじゃないかと思います」

椅子談義で多少落ち着いたあとのことだ。

警察に連絡しようと息巻くヴィクトールをとめるため、杏《あん》はそう口にした。

ヴィクトールは探るような目で杏を見ると、いったんスマホをポケットに突っ込んでそばを離れ、店の扉の鍵《かぎ》をかけた。それからこちらへ戻ってきて、床に座り込んだままの杏を立たせ、カウンター席へと誘導する。

「お面の男の声を聞いたんです」

「それが望月峰雄《みねお》だった？　君、たった一度しか会っていない人物の声を正確に覚えているのか？」

……そこを突っ込まれると、厳《きび》しいけれども。

険《けわ》しい表情のヴィクトールを見て、杏は少し怖《お》じ気《け》づいた。

「断定はできませんが、背恰好《かっこう》も似ていたし――」

「状況判断で望月峰雄だと思ったんだろうが、誰であろうと当然、警察に届けるよ。普通に暴行罪だろ、これ」

杏をカウンター席に座らせながらヴィクトールが余裕を欠いた硬い声で言った。

彼は変人で突飛な言動も多々あるが、こういった場面では常識的な反応を見せる。

「……すみません、飲み物をいただいてもいいですか。喉がからからで」

時間稼《かせ》ぎのつもりではなかったが、杏はとっさにそう頼んだ。

ヴィクトールはあからさまに顔をしかめたものの、杏の頼みを退けることはせず、カウンターの内側に入って飲み物を用意し始めた。自分でやろうと席を立ちかけた杏を、彼は視線でとめる。いつもと立場が逆だ。

「君が喉を潤《うるお》す間に通報する」

ヴィクトールがグラスをカウンターに出しながら言う。譲《ゆず》らない口調だった。

そこで杏はふと気づいた。グラスをカウンターに置いたヴィクトールの手がまだ少し震えている。

杏自身も完全には恐怖が去っていない。というより恐怖心が限界を突破して一種の興奮状態にあるのかもしれない。そんな状態だからか、自分のこと以上にヴィクトールの様子が気になり始める。

椅子に拘束《こうそく》されて一時自由を奪われた杏よりも、ヴィクトールのほうがよほど強い衝撃を受けているように思えたのだ。自分が雇用したバイト学生が犯罪に巻き込まれた、といった意味での動揺や不安などとはどこか違うように感じられる。

「ヴィクトールさん、私、大丈夫ですよ。怪我もしていないです」

「だから、怪我の有無の問題じゃないだろ」

怒りを押しこめた声でヴィクトールがすぐさま切り返してくる。だが、杏と目が合った瞬間、感情を抑《おさ》え込《こ》むように瞼《まぶた》を指先で強く揉《も》み、深い溜息を落とした。

「すまない、怖い思いをしたのは君だ。……子どもの頃、俺も椅子に拘束されたことがある。手足の自由を奪われる恐怖を俺も知っている」

「——ヴィクトールさんも？」

杏は大きな声を上げてしまった。ヴィクトールが、はっとしたように目元から手を放し、失敗したと言いたげな表情を見せる。

「いや、俺のことはいいんだよ」

顔を背《そむ》けるヴィクトールを、杏はじっと見つめた。

（ヴィクトールさんにも、同じ体験が……）

もしかしてと思う。彼が椅子に執着《しゅうちゃく》するのは、幼少期の恐ろしい体験があるからだろうか。ひょっとしたら、根の深い人類嫌いもそこに起因している？

杏の詮索《せんさく》の目を咎《とが》めるように、ヴィクトールが「通報する」と強い声音を聞かせる。

「すみません、それは少し待ってください、あの、アレも出たんですよ！」

「はあ？」

いぶかしげにこちらへ視線を戻した彼に、杏は畳《たた》み掛《か》ける。

「ここ最近、私と雪路《ゆきじ》君を悩ませていた黒ワンピの女幽霊まで出現したんです。むしろその女幽霊の登場のおかげで助かったっていうか。望月さん……お面の犯人にもその女幽霊が見えたみたいで、それに驚いて去って行ったんです」

「高田《たかだ》杏」とヴィクトールが苛立ちと呆れを含んだ厳しい声で、杏の説明を遮《さえぎ》った。

「幽霊なんか、今はどうでもいいよ。君、自分がなにをされたかわかっているのか？　俺がここへ来なかったら、どうなっていたと思う」

「それは」

「ひょっとして望月峰雄を庇《かば》いたいのか？」

違う、そこまで杏はお人好しではない。

ただ——通報さえすればすべてが解決するといった問題ではないと感じてしまったのだ。

杏が椅子に拘束された時に女幽霊が出現したのは、偶然とは思えない。

これまでに散々杏を怖がらせてくれたのに、なぜ今回に限っては助けになるようなタイミングで姿を現したのか。

その理由を――彼らの抱《かか》えている秘密を表に引っぱり出して光を当てなければ、本当の意味での解決にはならない気がする。杏自身もすっきりせず宙ぶらりんな気持ちになり、いつまでも今回の件に心をとらわれてしまう予感がした。

だが主張として正しいのはヴィクトールのほうだともわかっている。

「君は朝まで誰にも助けられず、椅子に縛り付けられたままになっていたかもしれないんだぞ」

杏は息を押し殺した。それは、そうだが。

「いや、誰も来ないほうがまだましかもしれない。幽霊が現れたおかげで犯人が逃げたって？　でもそいつがまた戻ってきたら、どうするつもりだったんだ。君は身動きできない状態だぞ」

ヴィクトールの声が冷たい。恐怖がごっそりと心の中のあたたかい部分を抉《えぐ》り、杏の身を震わせる。

「そのお面の男が望月峰雄だと確信したわけじゃないだろ。もしそうなのだとしても、店に侵入して君を拘束するような心ない人間だろうが」

反論できない。

「しかもそいつは不用意に声を漏らしたという。それを耳にした君を、無事に帰したと思うのか？　殺されていたとは思わないのか」

言葉の強さに、杏は膝の上でぎゅっと自分の両手を握《にぎ》った。

（私、死ぬかもしれなかったんだ）

ごまかしなく指摘されて、現実味が増した。家族にも二度と会えない、ヴィクトールとも二度と話ができない……そういう途方もなく大きな危険の中に、自分はいたのだ。

「――すまない、今のは俺が悪かった。失言だ」

ヴィクトールが顔を俯《うつむ》かせて、暗い声で謝罪した。

彼はなにも悪くない。だが杏はひどく口が重く感じてしまい、返事ができなかった。

二人の間に沈黙が流れた。

「……君、なんでまた店に戻ったんだ？　俺のキャップを取りに行ったのか？」

ふいの問いかけに、あっと杏は慌てた。

ヴィクトールは、杏が調子に乗って送信した画像を見て店に戻ってきたのだ。そして、バイトを終えた杏が引き返してきたのは、自分がカウンターに忘れたキャップが原因なのではないかと勘ぐり、責任を感じている。

「違います！　そうじゃないんです」

杏は急いで否定した。そもそも店を出たのは杏のほうが先だったのだから、その後にヴィクトールがキャップを忘れて帰ったかどうかなんてわかるはずがない。

「バイトを終えて帰宅する途中、バッグの中を見て、シャッターの鍵をなくしたと勘違いしたんです。それでお店にいったん戻ったんですけど、そういえばポーチの中に入れておいたんだったと思い出して……念のため、店内をチェックしていた時にヴィクトールさんのキャップを見つけました」

「……お面の男が来たのはそのあと？」

「はい。彼は、私を暴行する目的で店に侵入《しんにゅう》したようには思えませんでした」

考え込むヴィクトールを見つめて、杏は、グラスを両手で包みながら話を続ける。

「カウンターの引き出しを開けて、なにかを探していました。紙をめくる音がしたので、きっと名簿か、目録を見ていたんだと思います」

ヴィクトールはしばらく黙り込むと、おもむろに身を屈《かが》めた。席についている杏からは見えないが、カウンターの引き出しを開けて中を確認しているらしい。がさがさとなにかを探る音、それからページをめくる音が聞こえてくる。

なにを探しているのか気になった杏がカウンターの内側をのぞき込もうとした時、ヴィクトールが身を起こす。黒いカバーの顧客名簿をカウンターのテーブルに載せる。

「ページを乱暴に開いた跡がある。おそらくこれを確認したんだろ」

「手痕《てあと》があったんですか？　でも、私もバイトに入った日は必ず名簿を確認しています。私が知らないうちに、乱暴に開いていたかもしれないです」

「高田杏は、紙が歪《ゆが》むほど乱暴にページをめくらないだろ」

ヴィクトールはカウンターに両肘《りょうひじ》をつき、項垂《うなだ》れるようにして再び深い溜息をつく。

「そいつが確認したのは、シェーカーチェアの予約客の連絡先が記されているページだ。そこに紙の歪みがあった」

「予約客って、日下部《くさかべ》晶《あきら》さんでしたっけ……？」

ヴィクトールは答えず、ゆっくりと顔を上げ、ポケットからスマホを取り出した。杏は口を噤《つぐ》んだ。今度こそ警察に通報するのだろう。

ヴィクトールが先ほど厳しくあげつらったように、朝まで拘束されたまま放置されるならまだましで、へたをすれば杏は殺されていたかもしれない。仮《かり》にお面の男が戻ってこなくとも、別の人間が明かりに気づいて店に忍び込んできたかもしれない。そしてその人間が善良で、杏を助けてくれたとは限らない。高価な椅子を売る店だ。魔が差してレジを荒らした可能性だってある。

「でも――幽霊が、『私を探して』って言った」

杏は小声で告げた。あれはどういう意味だろうか。

女幽霊の声には切実な響きがこめられていた。

私を探して。私を……。

（それって、私の死体を探して、っていう意味なんじゃないだろうか）

杏はグラスの中のアイスティーを見下ろす。

赤茶色のアイスティーの表面に、自分の顔がぼんやりと映《うつ》っている。

決して女幽霊に同情したわけではない。嫌というほど恐怖を煽《あお》られたし、いつもより盛り塩代だってかかっているし。バイトを辞めるかどうか悩まされるはめにもなっている。

だから、こうも頻繁《ひんぱん》に店に出現されるのは困る。多少霊障に免疫《めんえき》があるというくらいなのだ、平然と恐怖をやりすごすことなどまだまだできそうにない。

だったら、ここらで潔く成仏《じょうぶつ》してもらうしかないだろう。

(あの女幽霊は、私と雪路君にしか見えていなかった。そう思っていた)

だが今回、お面の男にも見えていた。

いや、もっと前に、あの女幽霊を目撃した人物がいる。

それが望月だ。この点も、お面の男の正体が望月であるという判断材料になりうる。

彼は店に取材に来た時、ボックスシートとシェーカーチェアを見て、ひどく混乱していた。

あの時も、ひょっとすると彼の目にはそこに座る女幽霊の姿が映っていたのではないだろうか。

彼が霊の存在を認めたから、連動する形で杏と雪路の目にも映るようになったとは考えられないか?

その他に、ボックスシートの座面の破れ目に挟《はさ》まっていた古い写真の謎《なぞ》もある。

仲睦《なかむつ》まじい男女の写真だ。あれも、望月となにか関係があるような気がする。

杏は黙考しながらグラスに口をつけた。ひどく喉が渇《かわ》いているはずなのに、胸が詰まって飲むことができない。あきらめて、グラスをカウンターに戻す。

ヴィクトールの視線を感じた。彼は無言でカウンターから出ると、椅子に座っている杏のほうに移動した。

なにを言われるのかと、杏は緊張した。

「……高田杏。次の土日はバイトを休め」

「えっ、土日ですか？　……水曜じゃなくて？」

杏の精神状態を慮《おもんぱか》ってバイトを休むよう提案した、という雰囲気《ふんいき》ではない。

じゃあなぜいきなり休めと言ったのか。

……遠回しにバイトを辞めるよう促《うなが》している？

うろたえる杏に、ヴィクトールは真顔で続ける。

「俺と泊まりで出掛けよう」

「——はい⁉」

一瞬で杏の恐怖がぶっ飛んだ。

「えっ、ど、どういう……⁉　泊まり⁉」

「白糠郡《しらぬかぐん》の白糠町まで」

「白糠⁉　……ってどこ⁉」

わけがわからない。これってどう反応すればいいの？

（ちょっとヴィクトールさんの頭の中をのぞかせてくれないかな⁉）

いったいどんな思考の果てに泊まりで出掛けるという案が生まれたのか。

「憂鬱《ゆううつ》で楽しくない、死体探しの旅だ。君も連れていく」

そう不機嫌な顔で告げると、絶句する杏を無視してヴィクトールは二本、電話をいれた。

まず一本目は望月の生家だった。どこで電話番号を手に入れたのか、そしてなぜ白糠町に泊まりで行くのか。その関連がわからず目を白黒させる杏を横目に、ヴィクトールは電話に出た人物と会話をし始めた。電話の相手は、望月の父親の介護に来ている親戚《しんせき》の男性らしい。

ヴィクトールは、不在であることを見越した上で望月に電話を代わってほしいと親戚の男性に頼む。案の定、男性は望月がいないことを謝罪したようだった。

詳《くわ》しいやりとりを知りたくて視線をうろうろさせていると、ヴィクトールがちらりと杏を見て、スピーカーフォンに切り替えてくれた。

『──それでおたくは、どちら様ですか？』

「失礼しました、僕は木蔦社《きづたしゃ》の塚本《つかもと》と申します。望月さんの下で学ばせていただいてます」

ヴィクトールは動じることなくすらすらと嘘をついた。塚本って。

『おや、峰雄の会社の方かい？』

「はい、入社してからずっと望月さんにお世話になっていまして……仕事もですが、年の離れた兄のように思えて、プライベートでもよく相談に乗ってもらっています。望月さんには不出来な後輩だと呆《あき》れられていそうですが」

『そうでしたか』

親戚の男性の声が嬉しそうな気配をまとう。

杏は、うわあと内心引いた。元気溌剌《はつらつ》な後輩を演じて明るい声を発するヴィクトールがすごいし、とっさによくそんなでまかせを口にできるものだ。いや、思い返せばダンテスカの件を調べていた時もヴィクトールは堂々と法螺《ほら》を吹いていたっけ。大人って、怖い。

『しかしどうしてうちのほうに電話を？　峰雄はずっと会社の近くのマンションに住んでいるはずだが……？』

会社の部下というならそのあたりの事情は当然知っているのでは？　と言外に尋ねてくる。疑うというほどではないが、不思議がっているようだ。

（どうするの、ヴィクトールさん！）

さっそくボロが出そうだ。杏は固唾《かたず》を飲んでヴィクトールの反応を待った。

「いえ、それが。望月さんは少し前から休暇《きゅうか》を取られているのですが……白糠町の実家へ顔を出すとおっしゃっていたので」

んんっと声を漏らしそうになるのを、杏は片手で口元を覆《おお》って防ぐ。

白糠町って、望月の故郷か！

『峰雄がそんな話を……？　うちへ寄るとは聞いていないが』

「そうなんですか？　……参ったな、秋に発行予定の『地上図鑑』という書籍の原稿の一部が紛失《ふんしつ》しましてね、確か望月さんがデータのバックアップをされていたはずなので、急いで連絡を取りたかったんですが」

すごい。真実をちょっぴり交えつつ、よどみなく嘘を積み上げている。

『あぁ、それは峰雄が手がけている雑誌だね。なるほど……、峰雄の携帯にはかけてみたのかな？』

「ええ、休暇中ですので電源を落とされているみたいなんです」

ヴィクトールが表情を変えずに、弱り切った声を出す。

同情を誘いながらも媚《こび》を感じさせないこの表現力。杏は心の中で唸《うな》る。ヴィクトールは人類が嫌いでさえなければ、度胸もあるし機転も利《き》くし話し上手《じょうず》だしで、本当完璧《かんぺき》なのに。

『私からも連絡を取ってみよう。しかし峰雄がうちに寄るだなんて、珍しいこともあるもんだ。峰雄は電話ならよくかけてきてくれるんだがね……いつもは年末にならないと帰ってこないんだが』

親戚の男性の声が寂しそうだ。

『仕事が忙しいのはわかるが、あいつはずっと独身で来ただろう？　たぶん寂しくなったんだろうね、六十になってやっといい人を見つけたってね。今の時代、熟年結婚なんて珍しくないだろ。ああ、きっとそのことでなにか相談があってこっちへ来るのかもしれんね』

人のいい親戚の男性は、望月のプライベートな事情についても疑うことなく口にした。杏はわずかにうしろめたくなった。ヴィクトールを望月の後輩だと信じたから、気安く情報を漏らしているのだ。

「望月さんは、仕事帰りに飲みに誘ってくれるたび、こんな話をされるんですよ。ご両親には不義理をしていつも申し訳なく思っていると」

『そうかね、うん、そうか……峰雄がそんなことを』

男性はしんみりとつぶやいた。

『いや、話を脱線させてすまなかったね。紛失したデータの件だったね？　峰雄から連絡があったら、すぐに伝えよう』

「ありがとうございます。ご迷惑をおかけしますが、よろしくお願いします。できましたら、日下部晶さんにも連絡をしてもらえるよう伝えていただけますか？」

『なんだって？　晶？』

「はい、日下部晶さんです。雑誌の特集で取材させてもらった方でして」

ここで、シェーカーチェアの予約客の名を出すとは思わなかったため、杏は驚いた。

男性はそこで不自然に沈黙した。ヴィクトールが目を眇《すが》め、間を取ったのちに再び口を開く。

「日下部さんをご存じですか？　そういえば望月さんと同郷の方なのだとか」

『同郷？』

早口で聞き返してきた男性の声に、緊張があった。

（この人は日下部さんを知っている？）

思いがけず手がかりを摑んだ気分だ。ヴィクトールのとっさの嘘にこうも反応してくれるとは。いや、ヴィクトールは日下部晶と望月の間になにかしらのつながりがあると予想したから、話題に出したのだろう。

さらに情報を引き出すつもりか、ヴィクトールは話を続ける。

「なんでも、古くから親交のある方だそうですね」

『ちょっと待ってくれ。古くから——？　おい、まさかそいつは』

男性はどうやら少し混乱しているようだった。しかしこちらが反応をうかがっていることに気づいたのか、彼はつかの間、口を噤んだ。

『……君、なんの冗談だ？　悪ふざけのつもりなのか？』

男性の声が急に警戒を帯びて低くなる。

「いえ、冗談では——」

『晶って、峰雄の双子《ふたご》のことじゃないのか？　どうなんだ、え？　日下部というのも峰雄の母親の旧姓じゃないか。あの子は高校卒業と同時に失踪《しっそう》したのに、なんで峰雄と会っている？』

杏たちは息を吞《の》んだ。

双子？　それに、失踪って。

『峰雄は隠れて晶と連絡を取っていたってことか？　なら、あの子らは和解したのか？　峰雄は晶の恋人を奪ったというじゃないか。それを晶は恨《うら》みに思って家出をしたはずだ。おかげで望月の家は混乱して――』

「待ってください、日下部晶さんの……彼女の恋人を望月さんが奪ったとおっしゃいましたか？」

杏とヴィクトールは顔を見合わせた。

それって――おかしくない？

『はっ？　彼女？　なにを言っとるんだ』

親戚の男性の声が、さらに尖《とが》ったものになる。

『君はいったいなんなんだ。どういうつもりでこんな話をする――本当に峰雄と同じ会社の人間なのか？　聞いているのか、おい』

男性の詰問に答えることなくヴィクトールはそこで通話を終わらせた。

「ま、まずいですよ、折り返し電話がかかってきたらどうするんですか」

「非通知でかけたから問題ないよ」

杏の心配を一蹴《いっしゅう》すると、ヴィクトールは顎《あご》に片手を当てて数十秒、考え込んだ。杏も半《なか》ば混乱しながら今の会話で得た情報を整理する。やっぱりおかしくないだろうか？　女性である晶の恋人を、峰雄が奪った……？

（……えっ？　ちょっと待って。晶さんの恋人って――男？　女？）

どっちだ。

杏はさらに混乱した。

シェーカーチェアの予約客が日下部晶という人物であるのは間違いない。接客したのは職人の室井《むろい》で、彼の話によるとすらっとした若い女性だったという。

(でも、顔立ちは覚えていないって言っていた)

なぜならここの職人たちは、ヴィクトールを除いて皆、客がおののいて逃げ出すほどのコワモテなのだ。それを気にして、客の顔をあまり見ないよう注意しながら接したのだとか。

——本当に?

覚えていないのは、別の理由があるからじゃないのか?

不吉な予想をしてしまい、全身に寒気が走る。日下部晶はその後一度も店に来ていない。連絡先も嘘だった。そしてなぜか外しても外しても「SOLD」のカードがシェーカーチェアに舞い戻ってくる。他の客にシェーカーチェアを買わせたくないのだと主張するように。

そのシェーカーチェアを見た時の望月の反応も異常だった。

それから店に出没《しゅつぼつ》するようになった黒いワンピースの女幽霊。

そもそも、星川仁《ほしかわじん》がいかにも怪しげなヴィンテージチェアを軽率に購入するというところが引っかかる。それをヴィクトールに買わせるのも。星川も自身の行動をいぶかしんでいたという。

(なんかそれって——望月さんがうちの店に取材に来るから、いわく付きの椅子が引き寄せられてきたみたいな……）

むしろ椅子に取り憑《つ》いていた女幽霊が、この店に辿《たど》り着《つ》くため星川の意識を操ったかのようだ。

いや、それなら別に、星川の店に残っていてもよかったのではないか。望月は星川の店にも顔を出しているのだ。

しかし星川は、不吉なものを感じつつも女幽霊を見てはいない。目にしたのは杏と雪路、それから望月のみだ。

そこまで考えて、杏はあることを今更思い出す。

（望月さんって、そういえばちょっとだけ雪路君に雰囲気が似ているなと感じたんだった）

再び全身がぞわっとした。

雪路君が望月さんに似ているから、うちの店を選んだってわけ？

じゃあ杏の立ち位置は？

（女幽霊は、決まって黒いワンピース姿だった）

デザインは異なるが、杏が着用している店の制服も黒のワンピースだ。そして女幽霊は杏の前によく現れた。杏を襲おうと……身体を乗っ取ろうとするかのように。

考えをまとめるたび、肌が粟立《あわだ》つ。

（そうなると、シェーカーチェアと一緒に手に入れたボックスシートにはなんの関係があるんだろう？）

　それに、座面の破れ目に挟まっていたあの古い写真はなんだったのか。

「高田杏」

「――はいっ!?」

　考えに耽《ふけ》っていたところにいきなりヴィクトールから声をかけられ、杏は飛び上がりそうになった。

「……今更だが、気が利かなくて悪かった」

「え？」

「君って襲われた直後じゃないか。その現場に、男と二人きりでいるなんて苦痛だろう。……家まで送る」

　急に優しく手を取られ、杏は一瞬唖然《あぜん》とした。

　本当にヴィクトールは行動が読めない人だ。今は、電話で聞いた奇妙な話について考えるべきじゃないのか。いや、警察に通報するのが当然、先か。

「出よう」

「……はい。あ、バッグ」

　床に落ちたままだったカゴバッグはヴィクトールが拾ってくれた。

　その間にシールドバックチェアの状態を杏が確かめようとすると、ヴィクトールに「それはいいから」ときっぱり言い渡される。杏は困惑した。

（椅子がなによりも好きな人なのに）

ヴィクトールは杏の背に手を置くと、庇うようにして扉へ向かう。鍵を開けたあともまずは自分が最初に出て、安全を確認してから杏の肩を引き寄せる。

壊れ物を扱うかのような丁重《ていちょう》さに、杏は動揺してしまった。

ヴィクトールは車でこちらへ来ていた。駐車場ではなく、店の前の路肩にとめている。杏が助手席に乗ったのを見てから、ヴィクトールも運転席側に腰をおろす。すぐに車内ライトをつけてくれたのは、杏を怖がらせないようにするためだろう。

「高田杏、俺から見た君は単純な性格で、恐怖よりも好奇心が勝つような、向こう見ずなところのある女子高生だ」

「……私を罵《ののし》っていますか？」

いきなりディスるとか、なにを考えているんだろうか、この人。

「あと、俺を割と気に入ってくれている」

「それ、今言う必要がありますか⁉」

本当なんなの⁉　罵ったあとに人の心をずばっと言い当てるなんて！

「だから店のために幽霊騒動を解決しようと奮起《ふんき》している。単純なりに」

ルームライトの青い光に浮かぶヴィクトールの顔を、杏はつい本気で睨《にら》みつけた。

った。

「俺もだよ」

「なにがですか！」

「君という人をたぶん……気に入っている」

それをヴィクトールは本当に憂鬱そうな口調で言った。否定したくてたまらないという顔だった。

杏は返答に困った。

「……ヴィクトールさんって、知り合いに対しては変なところで気を回す人ですよね」

「なんで俺を今、けなした」

だってこのタイミングでそんなことを言うなんて、杏を慰《なぐさ》めるためとしか思えない。

「……俺は幽霊の背景なんかにはまったく興味がない。望月峰雄にも興味がない。今すぐ通報すべきだと思っている。だがもしも……このまま曖昧《あいまい》に終わらせてしまうと高田杏が落ち着かなくなるというなら、もう少し俺も協力……してやらなくもない」

杏は、ルームライトの光を受けて暗く輝くヴィクトールの瞳を見つめ返した。

「こんな恐ろしい体験をした以上、君はすぐにでも店を辞めたいだろうな？　だが俺はできるなら、辞めてほしくない」

ヴィクトールが杏の視線を避けて、ぼそぼそと言う。

「多少なりともすっきりできれば、まだ続けられそうというなら、俺は通報以外にもう一本電話をかける。君があと少し、付き合えるのなら」

「付き合います」

杏は即答した。ヴィクトールは考えすぎるというほどに考え込む人だ。先ほどの、望月の親戚の話を聞いて、きっとなにか推測したのだ。

（だから、怖くても、いい）

たとえ慰めのためだけであっても杏を気に入っていると言ってくれたのだから、じゅうぶんがんばれる。

ヴィクトールの指摘通り、自分は単純なのだろう。

「……母に、帰りが遅くなるって連絡します。ヴィクトールさんと――友人と花火を見てから、ご飯食べに行くって」

嘘をつくのはとても後ろめたいはずなのに、胸がどきどきしてもいる。ヴィクトールの視線を感じるせいだ、きっと。


ヴィクトールはその後、すぐに電話をした。

相手は出なかったらしい。ヴィクトールは淡々とした声で留守電にメッセージを残した。

「どうせまだ店の付近にいるんだろう？　三十分以内に花火大会の会場のそばにある橋まで来い。日下部晶の霊に取り憑かれたくないのなら」

時刻は九時の手前。とっくに花火大会は終了しており、会場近辺にずらりと並んでいた夜店も撤収《てっしゅう》され始めている。だがまだ人出があった。花火の余韻《よいん》を惜しむ若者のグループや観光客が橋の付近にたむろしている。渋滞を避けるため待機している人々もいた。

杏を椅子に拘束した犯人——望月峰雄がやってきたのは、杏たちが橋のそばの空き地《あきち》に車をとめてから十数分が経《た》ったあとだった。

わざわざ人の多い場所をヴィクトールが指定したのは、望月の姿を目にした杏が不安にならないようにするためだろう。彼は杏が車からおりることも許さなかった。窓を開けることは認めてくれたが、これは杏が望月の話を聞けるように、という渋々の配慮《はいりょ》に違いない。

ヴィクトールは自分だけ車をおりると、助手席側に回ってきて、ドアに寄りかかるような体勢を取った。おかげで彼がドアの前からよけてくれない限り、杏はおりられない。

望月とヴィクトールは向き合った状態でしばらく見つめ合った。というよりヴィクトールが望月を睨みつけていた。

「このあとおまえを通報する。それは翻《ひるがえ》さない」

ヴィクトールがそう断言すると、望月はあきらめた笑みを見せた。手に提《さ》げていたビニール袋をヴィクトールに渡す。その中に入っていたのは、アニメキャラクターのお面だった。杏を椅子に拘束した犯人が顔につけていたもので間違いなかった。

やっぱり彼が犯人だったのだ。

ヴィクトールが入れた留守電のメッセージを聞いて、逃げられないと判断したのだろう。なによりも「日下部品の霊」という言葉に反応したに違いない。

「怖がらせて申し訳ないことをした。あなたを傷つける気はなかった」

助手席に乗ったままの杏を見て、望月は困ったような顔をする。

「魔が差したんです。今日みたいなイベントの日なら、面で顔を隠しながら歩いていてもそこまで不審には思われないだろうと」

「うちの従業員を襲うにはもってこいの日だな」

ヴィクトールの痛烈な発言に、望月が目を見開く。

「いえ、違う。彼女を襲うのが目的だったわけじゃないのですよ」

「じゃあ、うちの店に潜《もぐ》り込《こ》むにはもってこいの日、と言い直すか」

ヴィクトールがいつになく攻撃的だ。

望月はどこか弱々しい仕草で目を伏せた。

「いや、それも……。直前までは本気であなた方の店に侵入するつもりはありませんでした。だが、気になって店の近くまで行けば、あの時間には閉められているはずのシャッターが上がっていて——ちょうど周囲には人もいない状態で、こんなチャンスはもうないだろうと」

「どんなつもりであろうとも通報はする」

　ヴィクトールは取りつく島もなく、腕を組んで冷ややかに言う。

「言い訳が見苦しい。多少なりとも本気だったから、面を買ったんだろ」

「——」

「魔が差しただけという弁明を百歩譲って認めたとしてもだ、面をしているんだから、店に侵入後、高田杏の存在に気づいた時点でおとなしく去ればよかったじゃないか。そうせずに、彼女を椅子に拘束した。これで、傷つける気はなかっただと？　そんな言葉を誰が信じるんだ。悪意しかない」

　怒りを隠さず責め立てるヴィクトールを、杏はひたすら見つめた。杏のために彼は怒っている。

「……ええ、自分でも、本当に馬鹿な真似をしたと思っています。だがどうしても確かめたいことがあって——拘束はしましたが、それ以上のことは決してする気はありませんでした」

「犯罪を犯すやつの常套句《じょうとうく》だな。『そんなつもりはなかった』という言葉は」

　望月の懺悔《ざんげ》も弁明も、ヴィクトールは受け付けなかった。

　本音を言うなら杏も、望月がどれだけ反省しようとも簡単には許せそうにない。それくらい恐ろしい思いをした。

しかし今は彼を責めるために呼び出したわけではない。ヴィクトールもそう思ったのだろう、嫌々といった態度ではあったが、口調を変えて肝心《かんじん》の問いを切り出した。

「知りたかったのは、シェーカーチェアの購入者だろ。おまえと双子の日下部晶があの椅子に関わっているんじゃないかと」

「……だって、まさかと思うじゃないですか。ずっと昔に売りに出した古い椅子が、何十年も経ってから目の前に現れるんですよ」

望月も、萎《しお》れた様子を振り払い、肩を強張《こわば》らせて声を絞《しぼ》り出《だ》した。

「あなたが店に置いていたあのシェーカーチェアは、うちにあったものなんです。何十年も前の話になりますが、進学目的で上京する際、小遣《こづか》いの足しになればと、使っていなかった古い家具をまとめてリサイクルショップに持っていきました。……それを、また目にするとは」

望月はヴィクトールから視線を外すと、人の流れを見やった。

「おまけに、故郷の廃駅に放置されていた鉄道の座席までが工房にある。ええ、すぐにわかりましたよ。子どもの頃はその廃駅が遊び場のひとつだったので、よく覚えています。あれは、あそこにあったものは、どうしたって忘れられるはずがない――だから、私の過去を知って脅《おど》そうとしているのかと、とっさにあなた方を疑っても仕方ないでしょう」

このあたりは街灯が乏《とぼ》しいが、その代わりに杏たち以外にも人がいて、車のライトもある。苦悩が浮かぶ望月の顔が、よく見える。

「日下部晶を殺したのか?」

ヴィクトールの過激な問いかけに、杏も、それから望月も仰天し、息を詰めた。

ああそうか。ヴィクトールは、望月が自分の双子の妹を、恋愛トラブルの果てに殺害したのかもしれないと考えたのか。

(あの女幽霊の正体が、日下部晶だと思っているんだ)

強張った表情を浮かべて押し黙る望月に、ヴィクトールはポケットから取り出した紙切れを見せた。いや、紙切れではなく、古い写真だ。修理済みのボックスシートの座面に挟まっていた、謎の写真。ヴィクトールはそれを処分せず、持ち歩いていたらしい。

「これに写っているのは、若い頃のおまえと日下部晶では? 十代後半……高校生の時の写真だろ」

望月は眉をひそめると、ヴィクトールが差し出す写真へ手を伸ばした。その途中で動きをとめ、写真に視線を固定したまま後退する。一方のヴィクトールはというと、望月が見せた怯《おび》えにはまるで頓着《とんちゃく》せず、写真を顔の正面まで持ち上げて裏側を眺めている。

「裏にメッセージがある。『ダイヤをなくした町から十九歳の終わらぬ旅を』と乱れた字体で書かれている」

「ど、どうして、あなたがその写真を持っているんですか」

望月はありえないものを見た様子で唇を戦慄《わなな》かせた。

「日下部晶からのまったく嬉しくない迷惑なプレゼントだ。——俺だって好きで所持していたわけじゃない。気がついたら、ポケットに入っていたんだ。シュレッダーにかけたはずなのに……」

「なんですって?」

望月も耳を疑ったが、杏もまたぎょっとした。

(処分したはずの写真がポケットに入っていたって……。『SOLD』のカードが入っていた時と同じ状態になってる)

本当にあの幽霊の……日下部晶の仕業《しわざ》だったということか。

ヴィクトールは憂鬱極まりないという表情を作った。

「おまえの故郷は北海道白糠郡の白糠町だ。取材依頼の件で俺に電話をかけてきた時に、おまえ自身が出身地を口にしていた。だから取材でも北日本在住の職人にこだわっていたな。地元の人間だとアピールすれば、話を聞いてもらいやすい。そう思ったんだろ」

あぁなるほど、と杏は納得した。

どうやって望月の故郷が白糠郡だと突き止めたのかと不思議に思っていたのだが、蓋《ふた》を開けてみれば謎でもなんでもなかったようだ。そういえば望月が店にやってきた時、ヴィクトールがちらりと、北日本在住の職人がどうこうと口にしていた気がする。……この時のヴィクトールがあまりに失礼な発言を連発してくれたため、そちらの印象が強すぎて、他の内容をこの瞬間まできれいさっぱり忘れていたのだ。

(住所から生家の電話番号を検索《けんさく》したってわけか)

杏は一人だけ座っていることに我慢できなくなり、助手席のドアを開けようとした。が、外側からドアに寄りかかっているヴィクトールは、よけてくれる意思すら見せない。

彼がこうしてそばにいてくれるのだから、望月のことも怖くない。……いや、怖いことは怖いが、話の内容とその行方《ゆくえ》のほうがよほど気になる。

「白糠町出身だとわかれば、写真の裏面に記されたこの妙に感傷的なメッセージの意味も変わってくる。ただのポエムじゃない。ダイヤとは、炭鉱《たんこう》のことだな」

「えっ？　宝石じゃなくて？」

いっそ開いた窓から出てやろうかと悪戦苦闘《くとう》していた杏は、思わず大きな声を上げた。

「比喩《ひゆ》表現だよ。石炭のことを黒いダイヤと呼ぶんだ」

窓からの脱出を試みる杏の頭をぐぐっと片手で助手席に戻し、ヴィクトールが説明する。

「へえ……」

ダイヤに見立てるくらい、価値があるってことだろうか。

「白糠線で結ばれた上茶路《かみちゃろ》には、かつて炭鉱があった。白糠線は昭和三十九年に完成している。ある意味、炭鉱のための路線であっただろう。ところが上茶路炭鉱は四十五年に閉山。そのあたりを引っかけて『ダイヤをなくした町』と書いたんじゃないか」

「な、なるほど」

「炭鉱の稼ぎがなくなれば当然人も減り、駅も廃《すた》れる。白糠線も結局、五十八年に廃止された」

世知辛《せちがら》い話だ。

「……前に話したことを覚えていないのか？　北海道は廃駅ラッシュだったと説明したのに」

「ああ！　覚えています、ばっちり！」

あの話がここで生きてくるとは。

「閉山も廃駅も残念ですね」

と、杏がしんみりしていると、ヴィクトールは嫌な顔をした。

「……こら、わかっていないな？　だから『十九』なんだ。これは年齢を表しているわけじゃない」

ヴィクトールが一瞬望月に視線を投げてから、再び杏を振り向く。

「わずか十九年で廃駅になったという意味なんだよ」

「あっ、そういうこと」

慌ててうなずいたあとで思い出す。

「確か、写真には『井』という文字もありませんでしたか。その横に点があって——」

数字の五六と続いたはず。しかし白糠線の廃止は五十八年だという。数字が合わない。二年のズレがある。

ヴィクトールの記憶間違いではないのか？

「……井戸の『井』じゃない。はっきり言ってこの文字、へただろ。おまけに年数が経過して劣化《れっか》しているから、インクがかすれている」

そんな、それを書いたかもしれない望月の前で、堂々と！

当の望月は、なにか言いたげな顔をして杏たちを見ている。

「『井』と点に見えるのは、正確には『キハ』という文字だ」

「きは？」

って、なんだろう？

「これも前に少し説明した。鉄道用語。ハは普通車のこと。キは気動車のことだよ」

「鉄道ロマンですか！」

そうだった、工房でヴィクトールから色々聞いたのだ。廃駅ラッシュにシェーカー教、「銀河鉄道の夜」。

（なにげない話が、思わぬところで生き返る）

ヴィクトールは、杏の密《ひそ》かな感嘆《かんたん》に気づくことなく、熱心な教師のように話を進める。

「つまりこの写真は、今は亡きキハ五六系の鉄道内で撮影《さつえい》されたということだ。キハ系は北海道の気候に沿った気動車だとされている。だが、北海道は廃駅ラッシュが続いた。この系統はいまやすべて廃車になっている」

さすが鉄道マニア、詳しい。

「撮影は廃止前の白糠郡。年代的にも、望月峰雄の若い頃に合致《がっち》する」

ヴィクトールさん、呼び方！

「……よくご存じですね」と、望月が恐れにまみれた表情のままつぶやいた。

「おっしゃる通り、その写真は廃駅になる少し前に記念としてあいつと——晶と、撮影したものです」

望月は、「晶」と口にする時、激情をその名前の中に封じ込めるかのように力を入れていた。杏がその様子に気づいたように、ヴィクトールもわずかに目を細めて望月を観察するような顔をした。

「ええ、先ほどあなたが口にされた裏面の文にも、覚えがある……。晶が、書いたんですよ」

また彼は、「晶」の部分にぐっと力をこめた。

「あいつはその写真を気に入って、定期入れに挟んで持ち歩いていました。その写真が、なぜあなたの元に……まさか本当に、あいつが……？」

独白じみてきた望月の言葉を聞きながら、杏はひとしきり考えた。

（やっぱりあの女幽霊が……晶さんが、望月さんへいずれつながるようにと、ボックスシートの破れ目に挟んだんだ）

とはいえ、なんだかしっくりこないものを感じてしまう。

写真の二人は、ずいぶん親密な雰囲気だ。だが親戚の男性の話によると、彼ら二人は恋愛トラブルが原因で仲違《なかたが》いしたのではなかったか？

晶の恋人だった人物の性別はどちらなのか、という不可解な点も残っている。

杏が首を捻《ひね》っていると、ヴィクトールが再びの問いを望月に放った。

「この撮影後に、なんらかの事情で日下部晶……望月晶を殺したわけか？」

望月が、ひゅっと喉を鳴らして怯えた顔を見せる。

「時期的なことを考慮《こうりょ》したら、殺害は撮影後となるのでは？　望月晶が失踪したのは高校卒業後なんだろ」

ヴィクトールの言葉にしばし絶句していた望月が、首がちぎれそうになるくらいの勢いで頭を左右に振った。

「――ち、違う。殺していない！　あいつは本当に、自分の意思で家出したんですよ」

「嘘だな。おまえは望月晶の死を確信している」

ヴィクトールは冷静に切り返した。

「確信していないのなら、最初に尋ねた時、もっと反論するなり怒りをぶつけてくるなりするだろ。いや、それどころか、俺が留守電に残したメッセージを真っ先に否定するんじゃないか？」

そうだ、望月は留守電のメッセージについて問い質《ただ》そうともしない。

普通は不気味に思うだろう。日下部晶の霊に取り憑かれたくないのなら、なんていう脅しのような、非現実的な言葉を残されたら。

疾《やま》しいものを抱えているから、はっきり否定しないのだ。晶が「霊」という存在になっていることも、そして、取り憑かれるような行いをしただろうと匂《にお》わせるヴィクトールのメッセージも。

「望月晶はとっくに死んでいるんだろう?」

「いや、だから、それは——」

言い逃れできないと悟ったのか、望月は言葉を切り、肩を落とした。

「——自殺する、という遺書があいつの部屋にあったんです。だから、本当に私が手を下したわけじゃないんだ。いまだに死体すら見つかっていない。遺書は、私が誰にも見せずに始末しました」

と、囁《ささや》くような声で言い、眼鏡《めがね》がずれるのもかまわずに片手で顔を覆う。

杏は反射的に助手席の窓から身を乗り出して、望月に尋ねた。

「晶さんが遺書を残したのは、あなたが彼女の恋人を奪ったことが原因ですか?」

「だ、誰からその話を? ——違う、待ってください、そうじゃないんだ。そうじゃない……」

望月は一度驚いたように顔を上げて杏を見ると、眉間《みけん》に苦悩の皺《しわ》を寄せた。

「私は恋人なんて奪っていないよ」

「しかし火のない所に煙は立たない」

今度はヴィクトールが問い詰める。

「親族までおまえたちのトラブルを知っていたというなら、やはり実際になにかあったはずだ」

「ええ、トラブルはあった。でもそれは、いもしない恋人が原因じゃない。私と晶、二人だけの問題なんですよ」

望月が、杏とヴィクトールを交互に見て疲れたように言う。

「――その写真に写っているのは私と晶で間違いがない。彼と、私です」

「……彼？」

「あぁまさか、埋《う》めたはずの過去が今頃になって襲いかかってくるとは――晶は女じゃない。弟です。それは、弟が女装しているんですよ」

告げられた真実に、杏はぽかんとした。

（晶さんは弟……男で――女装？）

とすると……どういうこと？

「女装した弟と一緒にいるところを人に見られて、恋人だと誤解されたんです」

望月が過去をのぞき込んでいるような、どこか虚《うつ》ろな目をして話をする。

「今の時代なら同性愛者、異性装者であることをカミングアウトする人も多いが、当時は……。閉鎖的《へいさてき》な田舎《いなか》ならとくに好奇の目に晒《さら》される。はじめは、私も弟の趣味や性癖《せいへき》を理解しようと努めました。ですが、難しいことです」

「マイノリティは罪じゃないし、マジョリティが必ずしも正義なわけじゃない」

ヴィクトールがきっぱりと言った。

「……ええ、わかっています。頭ではね。だがそんな理性的な主張が、感情のぶつかり合う現実の中で生まれる偏見《へんけん》や差別の盾《たて》にどれほどなってくれるというのか……。やはり後ろ指をさされるのは怖いものです。どんなに女の恰好をしても、本物の女にはなれない。十代ならまだ思春期だったと言い訳もできるでしょう。しかし年を経《へ》るごとに体格もより男らしくなっていく」

望月の声には、自嘲《じちょう》と恐怖があった。

「だから高校卒業を機に女装をやめるよう、弟に強く言いました。きっと弟は……唯一の理解者であった私の拒絶を苦にして、自殺を選んだのだと思います」

自殺という響きに、杏は重いものを飲み込んだような気持ちになる。

「私は、自分が弟の背中を押してしまった事実に恐ろしくなりました。自分の過《あやま》ちから目を逸《そ》らそうと、卒業後はめったに故郷にも帰らず、仕事に没頭《ぼっとう》しましたよ。弟を思うと、結婚すら考えられなかった。ですが、もうそろそろ許してほしい。許されてもいいのではないか、数十年も悔やんで生きてきたのだから……そう思って結婚を考え始めた矢先——あの椅子が、壊れる前の我が家にあったシェーカーチェアが、目の前に現れたんです」

その時の、彼の心情を想像すると、杏まで鳥肌が立つような恐ろしさを感じずにはいられなかった。彼が工房で恐慌状態に陥《おちい》ったのも納得できる。

　望月は大きく息を吐き、言った。

「これが真実です。私は決して弟を殺していない。しかし、恐怖のあまりに正気を欠いて、そちらのお嬢さんを怖がらせてしまった。通報されずとも出頭します」


　望月と別れたあと、杏はヴィクトールに家まで送ってもらった。

「……晶さんは本当に自殺をしたんでしょうか？」

　家の前でとめてもらい、車からおりようとして、杏はふと尋ねた。

　やるせない事情があったのは理解できた。が、どうしても納得し切れない。

　もちろん今よりもっとマイノリティに対して世間の目が厳しい時代だったのだろうから、味方であったはずの双子の兄に拒絶された晶が絶望し、死を選んだというのはそこまで不自然な話ではないが——本当にそれだけが原因なのか。

　人の心の動きに敏感なヴィクトールなら、ひょっとしたらまだ隠されているかもしれない真実のかけらを見つけられたりしないだろうか。

　そう期待しての質問だったが、ヴィクトールの反応は冷たかった。

「さあね」

「……ヴィクトールさんも、わからない？」

彼は一瞬、強い目で杏を見据《みす》えたが、すぐに顔を背けた。

「望月晶が殺害されていようが、自殺だろうが、俺には関係ないしどうでもいい。ただ、身勝手な感情で引き起こした悲劇の中に俺や君まで巻き込まないでほしいと思うよ。それより君、ちゃんと休めよ」

だめだ、今日はもうヴィクトールからなにも聞けそうにない。杏はあきらめた。

「はい。送ってくれてありがとうございました。……あと、お店にヴィクトールさんが戻ってきてくれなかったら本当に……どうなっていたかわからないので、それも、ありがとうございました。色々迷惑をかけてすみませんでした」

そういえば助けてもらった礼をしていなかった気がして、慌ててそれを告げれば、ヴィクトールは痛みを堪えるような顔を見せた。

「いや、礼を言われるようなことじゃないし」

「そんなことないです。ヴィクトールさんがいたから、私、こうしていつも通りでいられるんです」

もしもあの時、ヴィクトールが来てくれなかったら。仮に望月も戻ってこなくて、誰にも襲われずにすんだとしても、縛《しば》られた状態で長時間すごさなければならなかったのだ。

それはきっと、正気を失うくらいに恐ろしいことだっただろう。心も身体も無事でいられたのは、間違いなくヴィクトールのおかげだった。

「ヴィクトールさんは命の恩人です。本当に」

「そういうの、気にしなくていい。……もしなにかあったら、何時でもいいから、俺に電話するように」

ヴィクトールは根気よく言い聞かせるような低い声で杏に告げると、さっと目を逸らした。

「ほら、早く家に入って、休め」

「はい。ヴィクトールさんも、気をつけて帰ってください」

杏は走り去るヴィクトールの車を少しの間、見送った。

8

水曜日。

杏《あん》はバイトを続けることに決め、気持ちを新たに店へと急いだ。

杏の頼みで、他の職人たちにはここでなにがあったか秘密にしてもらっている。

望月《もちづき》に襲われた時の後遺症《こういしょう》は……どうだろう？　あの夜から三日がすぎているが、ヴィクトールが頻繁《ひんぱん》にメッセージを寄越すので、あまり思い返す暇《ひま》がない。まあ、送ってくる内容は椅子の話一色なんだけれども。ある意味、それを期待していたというか、ブレないヴィクトールが微笑《ほほえ》ましいというか。

ヴィクトールは気を許した相手には、意外と過保護になるタイプなのかもしれない。気遣《きづか》いを素直に感謝すれば、「だから別に、君に礼を言われるようなことはしていない」というつんつんした言葉が返ってくる。おもしろい人だ。

（こういう不器用な感じの優しさが、乙女心《おとめごころ》にぐっとくる……！）

杏はじたばたしたくなる。女の子として特別扱《あつか》いされているのでは……などと都合よく解《かい》釈《しゃく》しそうになるじゃないか。

この日も杏より早くヴィクトールが店に来ていて、なぜかカウンター席でふんぞり返っているし。

工房へ行かないのかと差し向けてみても、曖昧《あいまい》な返事でごまかされてしまう。

シェーカーチェアはいったん倉庫に戻すそうだ。工房に置いてあるボックスシートもそうするらしい。望月が杏を拘束《こうそく》する際に使用したシールドバックチェアは工房へ移動させ、状態をチェックするという。

（そういえば、あのボックスシートって結局望月さんとどう関わっていたんだろう）

故郷の廃駅に放置されていた鉄道にあった、と望月は言っていた。子どもの頃の遊び場だったと。

……でも、それだけ？

そう疑問に思ったが、写真との鉄道つながりで女幽霊に——晶《あきら》に引き寄せられたのかもしれない。あるいは、晶ともよくそこで遊んでいたとか。

午後になってヴィクトールはやっと工房へ向かう気になったようだが、やっぱり過保護がすぎる。

「君、常にスマホを持っておけよ」と、言い残して店を去ってから、三十分後。「生きてるな？ 縛《しば》られたり閉じこめられたりはしていないだろうな」というメッセージが届いた。「大丈夫、まだ立派に生きています」と返信すれば、確認したいから君の画像を送れと命じられてしまった。

（画像って。恥ずかしいんだけれど！）

そりゃあ一度自撮《じど》り画像を送っているが、それとこれとは話が別だ。

だったらヴィクトールさんの画像もくださいよ！　と半《なか》ば逆上したメッセージを送れば、その五分後、ヴィクトールは本当に自撮り画像を寄越してきた。

（ああー！　やったあ、ヴィクトールさんの画像を手に入れてしまった！　なにこれすっごいしかめ面《つら》……のくせにこの人って本当恰好《かっこう》いいな、保存しよう……じゃなくて！）

興奮してどうする、落ち着け私。

（こんなに親切にしてくれるなんて。ヴィクトールさんが私以上に気に病んでいる）

嬉しいが、これ以上はヴィクトールの負担にもなる。杏は冷静になってから、大丈夫です問題ありません私は元気です……としつこいほどアピールした。

しかしそういったメッセージを送信してから三十分後には、本人が店にやってきてしまう。

どうやら空元気だと思われたらしかった。

「ヴィクトールさん、私、本っ当になんでもないですよ。工房に戻ってくださいって」

「なに？　俺にこっちへ来るなと言いたいのか？　高田《たかだ》杏まで星川仁《ほしかわじん》のように俺を引きこもりの無価値な有機廃棄物《はいきぶつ》扱いを……？　人類なんてもう滅《ほろ》びればいいのに」

「違います！」

ネガティブに毒を吐くヴィクトールをどうしようか悩みつつ、店の外に出て扉の窓拭《まどふ》きをしていると、通りの向こうに見覚えのある女性の姿を発見した。少々型遅れのジャケットにタイトスカートを合わせた、赤い口紅が特徴的《とくちょうてき》な女性客だ。何度か来店しては、杏を叱《しか》り飛《と》ばして去っていく不思議な客。

彼女のほうも杏に気づき、不愉快《ふゆかい》と言わんばかりに唇を歪めて身を翻《ひるがえ》した。今日も店に来ようとしたのだろうか。でも杏がいるから嫌気がさして、帰ろうとしている？

杏はそこで、バッグに入れている例の文庫本を思い出した。

雑巾《ぞうきん》を放り出し、全速力でバックルームに駆け込んで文庫本を手に取る。再び店の外へと駆け出す杏の姿を、カウンターにいたヴィクトールがぽかんと見ていたが、彼に声をかける余裕はない。

遠ざかる女性客の姿を追いかけ、「待ってください、お客様！」と杏は声を張り上げた。

いぶかしげに振り向いた彼女に、杏は駆け寄る。勢いがよすぎて衝突《しょうとつ》しそうになるのをなんとか堪《こら》え、両手で文庫本を差し出す。

「これ！　こちらの本はお客様のものではありませんか!?」

「いちいち大声を出さなくても聞こえているわよ」

「す、すみません」

女性客は辛辣《しんらつ》に吐《は》き捨《す》てた。だが、その視線は頼りなげに揺れていた。ああこの人の物だ、きっと。杏は確信した。

「……それ、ゴミだから。わかるでしょ、捨てときなさいよ」

「でも、お客様。こちらの本、読み途中ですよね？」

「は？」

「最初の数十ページは読み跡があって浮かんでいますが、最後のほうはぴったり閉じています」

この推理で合っているだろうかと緊張しながら、おそるおそる指摘すると、女性客はむっと眉根《まゆね》を寄せた。

「つまらない内容だったのよ、だから途中で読むのやめて捨てたの。わかる？」

顔を背《そむ》け、立ち去ろうとする女性客に杏はまた声をかけた。

「あ、あの、でしたら、こちらの本、私が読ませていただいてもいいですか！」

女性客はもう一度杏を見た。

「どういう内容なのか、気になっちゃって。でも、お客様の本だとすると、許可なく勝手に読むのもどうかと――」

「なに言ってんのよ、ページが減るわけじゃないんだから、好きに読めばいいじゃない」

「……もしもこの本が大事なものなら、宝物みたいなものなら、他人の私が勝手にページを開いちゃいけないような気がしたんです」

杏の言葉に、女性客は呆《あき》れたような顔をした。それから、迷うように視線を落とす。険を拭《ぬぐ》い去った女性客の顔は、どこか少女のような儚《はかな》さを感じさせる。こちらの雰囲気《ふんいき》が彼女の本当の姿なのではないかと杏は思った。

「私、女の作家の本なんてちっとも好きじゃないのよ。もともと読書自体、嫌いよ」

「そ、そうなんですか」

あ、毒舌なところは変わってないや。

「でも、夫がよく読むから。文学なんて全然似合わない顔をしているくせに、高尚《こうしょう》ぶっちゃって」

なんだろう、嫌味というよりは、夫が女性作家の本に夢中になることに、妬《や》いているような？

そうだとしたら……彼女はひょっとして、不器用なかわいい人なのではないだろうか？

「あの、お客様。私の知り合いの男性も、女性作家の本を好んで読むんですよ」

脳裏《のうり》に小椋《おぐら》の姿を描いて、杏は言った。なんだか小椋の話を、彼女にしたくなったのだ。

「嫌だわ、男のくせに気持ち悪いわね、そいつ」

女々しいわ、と吐き捨てる女性客に杏は微笑んだ。これ絶対、妬《や》きもちだ。

「もとから読書は好きだったそうですが……奥様の心理を学びたくて、女性作家の作品を好んで読むようになったんですって」

店の工房長たる小椋は、熊みたいに大きな男だが、とても優しい。妻をもっと知るために、本を読む。その行為に、愛情を感じる。

「――私、夫とは別れたのよ。女々しくてじめじめした男なんか願い下げだわ」

「あ、そ、それは、すみません」

女性客の冷え切ったリアルな事情に、杏はしどろもどろになった。だが、彼女のほうに気にした様子はない。

「ねえ、あんたの言うその男、今でも女の作家の本を読んでいるわけ？」

「はい」

「そう――」

女性は静かに返事をした。一瞬だけ彼女は、見ている杏のほうこそ胸がぎゅっとなるくらいに切なげな表情を浮かべた。大事なものを想うような、そして深く後悔しているような、憂《うれ》いが滲《にじ》む眼差《まなざ》しだ。杏は必死に言葉を探した。今のこの人に、なにかを伝えたい。だけどもなにを言えばいいのか。もしもヴィクトールだったら、杏みたいにまごまごせず、この人にふさわしい言葉をぱっと伝えられただろうか。

「その本は、あんたにあげる。返さなくていいわよ」

「えっ？　あ、ありがとうございます、大事にします！」

女性客は鼻を鳴らすと、杏に背を向けて歩き始めた。

（だめじゃん、私のほうが慰《なぐさ》められているような感じになってる！）

なにか一言。えぇい、ほら早く！

「――お客様、またどうぞお越しくださいませ！」

杏は本を抱《かか》えながら声を張り上げた。

あの人はわざと厳《きび》しい言葉を選んで、他人を傷つけようとしている。けれど、もしかしたら自分の心も傷つけようとしているんじゃないか。杏にはそんなふうに見えた。そうだとしたら、とても寂しいことだ。

杏は、彼女の背に向かって頭を下げた。また来てくれるといい。

この本の感想をいつか彼女に伝えたい。店に何度も足を運んでくれたってことは、少なからず椅子を好んでいるはずで。数時間にも及ぶヴィクトールの椅子談義にだって、いつか付き合ってくれるかもしれない。こういうふうに、客とつながっていくのもいいと思うのだ。

頭を上げた時、店から出てきたヴィクトールがこちらに近寄ってきて、杏の横に並んだ。

「一人でなにをしているんだ、君」

「あ、ヴィクトールさん。あそこにいるお客様に、本をいただいたんです」

杏はそう告げて彼女のほうへ視線を投げたが――もういない。どうやらそこの角を曲がっていったようだ。

「……誰もいないが」

ヴィクトールも杏の視線を追って、向こう側を見やり、怪訝《けげん》な顔をする。

「いえ、角を曲がったみたいで」

「違う。さっきから、君は一人でしゃべっていたんだ」

「はい？」

戸惑《とまど》う杏に、ヴィクトールは強張《こわば》った表情を見せた。

「まさか、まだ望月晶の霊がここにいるのか？」

「いえ──いいえ、そんな」

変に誤解されてしまった。

今日は幽霊じゃなくて本当に女性客がいた──そう説明しようとして、杏は黙り込む。

（ちょっと待って）

杏は、あの女性客が去ったほうをもう一度凝視《ぎょうし》した。

よく考えたら──彼女はいつも恰好が同じではなかったか？　パンプスなら靴音《くつおと》がしそうなものなのに、歩く時はいつだって無音ではなかったか？

まさか。

「でも、この本」

「──それって、小椋健司《けんじ》の本じゃないか？」

眉をひそめるヴィクトールを、杏は言葉なく見上げる。

「彼の妻が、離婚する前に読んでいたっていう作家の本だろ。前に聞いた覚えがある」

「奥さんの――？」

「なんで君が持っている？　小椋健司に借りたのか？」

杏は答えられない。

――小椋の話によると、彼はなぜか女の霊に憑《つ》かれやすいそうだ。腕に張りつく女の霊を、奥さんが浮気相手と誤解したことがあるのだとか。

頭の中で、小椋とあの女性客の台詞《セリフ》がつながる。彼女はやけに杏につっかかってきた。杏のことを、店の職人たちから――男たちからちやほやされて喜んでいるだろうと決めつけ、罵《ののし》ってきた。杏個人というよりは、女そのものを嫌っているようだった。なのに繰り返し店にやってきた。――幽霊になっても。

(あぁそうだ、彼女は、死者だ)

椅子が好きだから店に来ていたのではない。

誰かに会うためではないか？

でも、いったい誰のために？

杏の脳裏に小椋の姿が浮かぶ。

妻をよく知るために、女性作家の本を読む夫。

――彼のためだ。

愛する夫に会うために、彼女はここへ来た。

（嘘でしょう、待ってよ）

杏は反射的に走り出そうとした。彼女の去ったほうへ。今追わなければ、もう二度と彼女と会えないような気がした。

だが、ヴィクトールに腕を摑まれた。

「……仕事中だ、杏」

行かなきゃいけないんです。そう反論しかけて、杏は目を瞠《みは》る。

ヴィクトールはやけに必死な目で杏を見ていた。

「行くなよ、君」

「――はい」

杏は迷って、結局従った。幽霊よりも、生きている人間のほうがいつだって鮮烈だ。いや、杏がただ、ヴィクトールを置いていけないのだ。

ヴィクトールは、杏の腕を摑んだまま店へ足を向けた。杏は一度、振り向いたあとでふと気づいた。

はじめてヴィクトールに、フルネームじゃなくて「杏」と呼ばれた。

杏は電車に乗っていた。

蒸し暑い夕暮れの中、車窓からはオレンジ色のまばゆい光が差し込んでくる。

杏が乗った車両は運良く空《す》いていた。かすかな揺れに身を任せてうとうとしながら、そういえばこの座面もブルーの天鵞絨《びろうど》だと気づく。

(あれ、私ってなんで電車に乗っているんだっけ?)

電車など、旅行の時くらいしか利用しない。バイト先の店には運動がてら徒歩で行くし、通学には自転車かバスを利用する。

ならどうして、一人で電車の中にいるのだろう?

誰かと一緒に乗ったのではなかったか?

そんなことを頭の片隅で考えていると、急に寒気がし始めた。

はっと目を開ければ、いつの間に他の乗客がおりたのか、車両は無人になっている。

――いや、一人だけ居る。杏の隣に、女が背を丸めて座っている。

『な、い、しょ』

女は――黒いワンピースを着用した望月晶は、歌うように言った。

『死ぬまで一緒、死んでも一緒』

けらけらと笑っている。乱れた長い髪を揺らして。そして毛先を白い指で摑み、勢いよく引っぱる。ずるりと髪がずれた。地毛ではなく、ウィッグだった。

杏は息を止めて晶を見つめた。

実際の髪は、男にしてはやや長めというくらいだろうか。雨に降られたかのように、全体的にぐっしょりと濡れていて、俯《うつむ》く彼の目元を前髪で隠してしまっていた。

『ずっと一緒って言ったのに』

晶は、前席の背もたれに目を向けたまま、杏を無視して話し続ける。思い出話を語るにしては、暗すぎる乾いた口調だった。

『真夜中、二人でよく家を抜け出して、廃駅に放置されていた車両に侵入したんだ。そこは子どもの頃からの遊び場で、僕たちだけの秘密基地でもあった。本当に古い車両でさ、扉もハンドルも、天鵞絨の青い座席も、すべてがぼろぼろだった。二人で並んで腰かけると、そのひび割れた座面がきしきし鳴った』

晶が、はあ、と深く息をつく。

『壊れた車窓から、僕らは星を眺めた。夏の星座は美しかった。あれが白鳥座、一頭星はデネブ、ベガとアルタイルで夏の大三角――』

その言葉は杏も知っている。どこで聞いたのだったか。

『何度もあいつとキスをした。愛し合っていたんだ』

杏は息を呑《の》んだ。愛し合っていた？　――家族としてではなく、恋人として？

『だって僕たちは双子《ふたご》で、もともとひとつだったんだから、お互いを求めるのは当然のことだ』

それを聞いて脳裏に蘇《よみがえ》ったのは、ヴィクトールが前に説明してくれた話だった。

「銀河鉄道の夜」に登場するジョバンニとカムパネルラ。主人公二人の根本は同じ。……表裏一体、あるいは双子のような関係性を持っているのではないかと。物語的にも二人は生死をそれぞれ象徴している。たとえばこの、死者の晶と、生者の峰雄《みねお》のように。

（カムパネルラは、宮沢賢治《みやざわけんじ》の親友の保坂嘉内《ほさかかない》をモデルにしているという説もあって――）

恋人扱いをするほど親密な関係だったという。

『でも、あいつはね、僕といるところを人に見られて、怖《お》じ気《け》づくようになった。善良で、常識的で、気の弱いやつだったんだ。他人の目なんかどうだっていいと思い切るだけの勇気がなかった。そしてある日、僕を捨てようとした。兄弟で、男同士で恋をするなんて異常だと吐き捨てた』

晶が女装していたからというだけではなく、二人の雰囲気が甘かったから、目撃した者も彼ら兄弟を恋人だと勘違いしたのだ。

いや、勘違いではない。確かに二人は人知れず恋をしていた。恋人だった。杏には二人の関係が間違っているのか正しいのか、あるいは認めていいのか否定すべきか判断できるだけの確固とした考えはなかった。しかし、今の時代であっても、彼らが寄り添って生きることは困難を極めるだろうというのは想像がつく。

（でも、恋というのは、自分でもとめられないからこそ、恋なわけで）

ヴィクトールも前に言っていた。常識を超えるから、恋なのだと。

『――ああ、思い出した』

晶はふいに暗い気配を払拭《ふっしょく》して、解放されたような声を上げた。

『僕は死のうとしていたわけじゃないんだ』

「……え？」

『あいつを焦《あせ》らせるために、わざと目につくよう遺書を用意してさ。それで、家出をする振りをした。あくまで振りのつもりだったんだよ』

晶がけらけらと笑う。

『だって、恋って生きている間にするものでしょ？　僕はもっともっとあいつと恋をしたかった。し続けたかった。だから生きるつもりだったよ。ただ、あの駅……。僕と同じように、捨て去られた駅をあの日の夜、急に見たくなって、そこへ行ったんだ。レールに乗って、そのまずっと進んで――夜空を見ながら歩いた。あれが白鳥座、北十字星。……ねえ、北十字星の対《つい》になる星座を知っている？』

「……サウザンクロス」

杏は考えるよりも早く答えた。知っている。花火大会の夜に参考書と一緒に購入した「銀河鉄道の夜」を読んだから。その話の中に、南十字星が登場する。

ジョバンニとカムパネルラを乗せた銀河鉄道は、サウザンクロスを通って行く。そこで他の乗客は下車し、彼ら二人だけとなる。「また僕たち二人きりになったねえ、どこまでもどこまでも一緒に行こう」。そう言って、ほんとうのさいわいを探しに行こうとする。僕たち一緒に行こうねえ。——けれども、気がつけばジョバンニは一人きりになる。カムパネルラは座席から消えてしまう……。

『そうそう。それ。南十字星は、ニセ十字とよく間違われるんだ。明かりが小さいから。沖縄とか、南方へ行かないと見えない。でも、あの夜は、探せば見つかるんじゃないかと思った。見つけられたら、なにかいいことが起きるんじゃないかって。ずうっと空を仰《あお》いで歩いて、それで——そうだ、線路の付近の壊れた鉄塔に足をかけた。そこから、記憶がないんだ』

壊れた鉄塔。杏は胸の中で繰り返した。きっとそこに晶が眠っている。

『あんた、怖がらせてごめんね』

晶の声がふいにやわらかくなった。彼はワンピースの裾《すそ》からのぞく女の子のようにすっとした細い足を、ぶらぶらさせていた。靴《くつ》は履《は》いていなかった。泥《どろ》だらけだった。爪《つめ》の中まで黒くなっていた。

『だって、あのお店にいる男の子、僕の好きなあいつに似ていたんだもん。あんたたちが仲良くしていて腹が立ったんだ』

それで、杏と雪路《ゆきじ》の前だけに現れたのか。

『ま、でもいいや。あいつ、後ろめたさでいっぱいになって、何十年も独《ひと》り身《み》を貫《つらぬ》いてくれたし。そろそろ成仏してやるよ。結婚する前に、ちょっとくらい嫌がらせをしてもいいだろ』

ええ、はい……。

『あぁ、僕たち、どこまでも一緒にいたかったんだよ。どうして叶《かな》わなかったのかな』

「……後悔していますか？　恋をして」

杏はつい尋ねた。

『してるさ！　後悔して腹を立てて切なくなって、そんなふうに、嵐みたいに吹き荒れるのが恋なんだから』

どうしてだろう、晶の声に後悔は感じられない。

不思議なことに、彼は言葉を発するたび「生者」のように色鮮《あざ》やかになっていく気がした。

それがもしも恋の威力《いりょく》というなら。

『あのさ、あんた、晶に伝えてよ。ちゃんと僕を弔《とむら》えよって』

伝える。伝えます——って、なんて言いました？

晶に？

峰雄に、ではなくて？

杏は耳を疑い、濡れた前髪に隠されている晶の横顔を真剣に見つめた。

『内緒、な、い、しょ。馬鹿な晶。あいつより僕のほうが利口だった、親の期待も大きかった。

小心者の晶は「おまえがいなくなればよかったのに」と家族から責められるのが怖くなって、

僕に成り代わったんだ』

「――成り代わり？　じゃあ、本当はあなたが」

『あの時代、炭鉱《たんこう》の閉鎖《へいさ》で皆が荒《すさ》んでいた。他人にかまう余裕もなかった。僕らの容姿はよく似ていたから、入れ替わるのはさほど難しいことではなかっただろう。ちょうど高校の卒業時期であることも幸《さいわ》いした。すぐに上京してしまえば、誰にも知られずにすむ』

　杏は、晶の横顔を見つめ続けた。

　彼らの最大の秘密を知ってしまった。

『ね、さっきの答えは、嘘だよ。本当はね、後悔なんてなにもない。なにもかもが幸いだった。恋は幸いなものだ。そうだろう？　ああハレルヤ。あんたもがんばれよ』

　晶が――峰雄が席を立つ。座席を離れ、黒いワンピースの裾を翻して一歩、二歩。

　つられて立ち上がろうとした杏に、彼は笑って言った。

『私を、僕を、探して』


「――杏？」

　誰かに肩を揺さぶられ、慌てて目を開ければ、そこは夕日が差し込む車両の中だった。席は

まばらに埋まっていて、先ほどまでの杏のようにうとうとしている乗客の姿があった。平和な光景だった。

「寝ぼけているのか？」

声をかけてきたのは、隣に座っているヴィクトール……そうだった、杏たちはこれから、晶の——いや峰雄の死体を探しに行くために電車に乗っているのだった。

杏は席から立ち上がって、車両を見回した。

けれども、黒いワンピースの男の子は、どこにもいなかった。

——崩れかけた鉄塔のそばに、その廃駅はあった。

塗装《とそう》の剝《は》がれた車両が、駅舎の裏手に広がる草叢《くさむら》に放置されている。杏はそれがなぜか、死にかけた恐竜のように見えた。

ヴィクトールはレンタカーを行けるところまで進めて、砂利道《じゃりみち》の脇にとめた。

鉄塔に寄る前に、ヴィクトールとともにその車両に潜《もぐ》り込《こ》む。錆《さ》び付《つ》いて歪《ゆが》んだ扉を開けるのに、ずいぶん苦労した。二人がかりでなんとかかという感じだ。

車両内は見るも無惨《むざん》というほどに荒れていた。きらきらと輝くのは蜘蛛《くも》の巣だ。外装同様にどこもかしこも剝げ、鱗《うろこ》のようにひび割れている。前側にはハンドルがひとつぽつりとあった。斜《なな》めに傾《かし》いだボックスシートもひとつ。何席か、撤去《てっきょ》された痕跡《こんせき》もあった。

座面のクッションはもうなかったけれど、切れ端がわずかに残っていた。汚《よご》れで黒ずんでいたが、たぶん青い色の生地だろう。

「日が完全に落ちるまで、ここで待つか？　まあこの時間でもあたりにはまったくひとけがないし、今から鉄塔のまわりを探し歩いたってまず見咎《みとが》められることはないだろうが、念のため」

ヴィクトールが少し疲れた表情で言って、蜘蛛の巣を払い、座席に腰かける。ぽんと隣を叩かれたので、杏も並んで座った。座面が、きしきしと音を立てた。

この場所を探し当てるまで、ヴィクトールは朝からレンタカーを走らせっ放しだった。当然疲労がたまっているだろう。方向音痴《おんち》な人だから尚更時間がかかったし。

この一帯はとにかく、自然が豊かだ。溢《あふ》れるほどの緑。緑一色。そうとしか言いようがない。目立つ建物もとくになく、だだっ広くて、すぐにどこを走っているのかわからなくなるのだ。だが遥《はる》か彼方《かなた》の地平線が美しく、木々の蒼《あお》さも美しく、それだけでもう満足してしまうような圧倒的な自然の力がこの景観にはあった。

そんな深い緑の景色の中で、目的の鉄塔を発見できたのは、奇跡に近い。

「……晶さん、いえ、峰雄さんは見つかるでしょうか？」

ややぐったりしている隣の彼に問いかけると、「これで死体が見つからなかったら、俺は望月晶を奇襲する」という物騒な返事をされてしまった。

「もう一番星が見えるな」

ヴィクトールが窓外へ視線をやりながら、つぶやく。窓ガラスは半分以上が割れてなくなっている。

今更ながら、本当にヴィクトールと二人で死体探しの旅に来てしまったのだと杏は感慨に耽《ふけ》った。といってもまるで意識をされていないけれど……。目的が死体探しなので、杏自身も今回はそう気持ちが浮《うわ》つくことはなかった。少しは緊張したが。

「ツインクル、ツインクル、リトル、スター」

ちょっとつまらなそうに独白するヴィクトールを、杏は驚きとともに見つめる。きらきら星。その言葉は「銀河鉄道の夜」に登場する。

「ヴィクトールさん、恋って幸いなものでしょうか?」

無意識のうちに尋ねてしまい、杏は後悔した。それはもう、死ぬほど。恋愛したくない派と公言している人に問うべきことではなかった。

(私の恋は、幸いどころか災《わざわ》いまみれというか、困難しかない気がする)

いや、まだこれを恋だとは言いたくない。杏は懸命に抗《あらが》った。

ヴィクトールが首を傾げて杏を見つめた。しばらく視線を避けて横を向いてみたが、彼の視線のうるささに耐え切れなくなり、杏はとうとうそちらを向いてしまった。

「さあ、幸いかどうかは、人によるだろ」

「……そうですね」

模範的《もはんてき》回答に杏は落胆《らくたん》し、また安堵《あんど》もした。別に何かを期待していたわけじゃない。期待していたわけじゃ……。

「だけど俺たち、二人きりだな」

「……はい？」

驚く杏を見て、ヴィクトールがかすかに笑った。

「こんなところまで一緒に来た」

息を詰めた杏の耳に、幻の声が届く。ハレルヤ。恋は幸いだ。

死にゆく西日の名残《なご》りを受けて暗く輝く美貌《びぼう》の男の瞳を見ていられなくなり、杏は窓外へと視線を逃がした。白く光る一番星の下、黒いワンピースの裾を翻して鉄塔のほうへ駆けて行く少女のような人の姿を見た気がして、杏は確かに胸の高鳴りを感じた。きっと、恋は幸いだ。

彼と彼女のおいしい時間

よく晴れた日の午後。

夏休み中ということもあって杏《あん》はこの日、「TSUKURA」に終日のシフトで入っていた。

しかし今日は三十度超えという茹《う》だるような暑さのせいで、客足が鈍《にぶ》い。真夏の太陽が発する殺人光線から逃《のが》れるためか、わずか数人がふらりと店に立ち寄った程度だ。

昼休憩《きゅうけい》後、淀《よど》んだ目をしたヴィクトールが客の代わりに姿を見せた。店から少し離れた場所にある工房にはエアコンが設置されていないので、暑さに耐え切れなくなってこちらへ避難しに来たのだろう。彼はまずバックルームに直行した。そこで汗に濡れたシャツを替え、幾分《いくぶん》すっきりしたようだ。雑貨類を並べた棚のディスプレイを変更したり備品チェックをしたりと、細々とした仕事をこなす杏にくっついて回る。さらには、この猛暑で客は来ないと高をくくっているようで、嬉しげに椅子談義を持ちかけてくる。

杏は、いつもよりリラックスした表情を浮かべるヴィクトールの話に耳を傾けつつも「この人はオーナーなのにお客様ゼロの状況を喜んでいいんだろうか……」と、少し微妙な気持ちになった。本気で椅子の購入を考える客が来店したら、そそくさと退散するに違いない。

ヴィクトールを筆頭に、「TSUKURA」の職人たちは本当に接客を嫌う。

HPからも注文が入るので、実店舗での売り上げがすべてというわけではないが……店番担当の杏としては、アンティークとオリジナル、両方のチェアを見て心を動かされる客の顔を目にしたいのだ。しかし残念なことに、大半の客は取り扱《あつか》っているチェアの高価さに驚いて、そっと店を出るのだけれども。低価格設定のスツールでも最低一万はする。

ところで、本日の椅子談義の内容はというと――日本の椅子についてである。

「――へえ！　日本って意外と椅子の歴史が古いんですね」

店の奥側に設《もう》けられているカウンター内で商品用カードの整理に勤《いそ》しんでいた杏は、その手をとめ、彼の話に感心した。

「うん。かなり古い」

カウンターチェアに腰掛けたヴィクトールが胡桃色《くるみいろ》の瞳をこちらに向け、にっこりと答える。

杏が話に乗ったと知って、喜んでいる。

彼は複雑怪奇な思考の持ち主だが、椅子が絡む時は反応がとてもわかりやすい。

「最古のものは徳島市《とくしまし》で発掘された弥生《やよい》時代の腰掛けだ。徳島の蔵本《くらもと》遺跡では土器も出土しているけれど、とりわけ木製品の保存状態が素晴らしい。腰掛けの他に農具なども良好な状態で発掘されている」

「弥生時代……！」

遺跡と聞くと、杏は真っ先に埴輪《はにわ》を思い出してしまう。歴史の教科書に掲載されていた、ずんぐりとした形の土偶《どぐう》のイメージが強すぎる。いや、土偶は縄文《じょうもん》時代が中心なんだっけ？

「腰掛けといっても、背もたれ付きで座面に工夫があるような今風の凝《こ》ったタイプじゃなくて、そうだな、スツールに近い形を連想するといいよ。それをもっと簡素な作りにしたものだ」

ヴィクトールの説明に、ほほーう、と杏は尤《もっと》もらしくうなずいた。

簡素な作りか。それはそれで味のある仕上がりじゃないだろうか？

「木目自体がある意味、模様というかポイントになりますよね。シンプルでも素敵に見えるっていうか……素材のよさを生かした作り、っていう感じでしょうか」

杏が自分なりの考えを伝えると、ヴィクトールは興奮したように目尻をうっすらと赤く染めて口元を片手で押さえた。

「わかってるな杏……！　節の入り方もアクセントだよね。あ、節ってなにかわかる？　木目に出る茶色い丸のことだよ。あれは枝が生えていた場所を示しているんだ」

ヴィクトールは瞳に輝きを取り戻すと、これは死節と生節という呼び方があって云々と、節の種類について詳しく解説し始めた。杏は、うんうんと調子良くうなずいてその話を聞き流しながら、ふと気づいたことを口にした。

「昔の日本の部屋って和室——畳《たたみ》の印象が強いので、椅子文化はあまり馴染まなかったんじゃないかと勝手に思っていました。でもそんな古くから椅子が使われていたんですね」

「畳の歴史も古いよ。生活の中に定着したのは江戸時代だと言われているが、それよりももっと前から存在する。はじめは茣蓙《ござ》なんかに近い状態の敷物だったそうだ。今でいう『畳』の形に変わったのは平安時代に入って以降になるね」

杏の脳裏に浮かぶのは、きらびやかな色彩の十二単《ひとえ》だ。

ずるずると裾《すそ》の長い衣を何枚も重ね着していたら、椅子に座るのも一苦労という気がする。

「和を意識すると、やっぱり椅子よりも『畳に座布団』というほうが先に思い浮かぶかも」

「確かに椅子は普及しにくかった。椅子自体が和装の生活に適した作りではないしね。文明開化の明治時代に突入してようやく世間に浸透し始めたんじゃないかな。一般家庭への普及はさらに時間を必要とするんだけれども」

ヴィクトールがカウンターにまったりと頬杖をついて、微笑《ほほえ》む。

なるほどなあ、と杏が、削《けず》った板を組み合わせただけの簡素な腰掛けに座る土偶をもやもやとイメージした時だ。

チリンと入り口の扉のベルが鳴り、杏はそちらへ目を向けた。

ヴィクトールも頬杖をやめて背を伸ばし、つられたように扉のほうを見る。

「よう、杏ちゃん。君の心の兄、仁《じん》さんが来たぞ！」

陽気な挨拶《あいさつ》とともに現れたのは、杏たちの店「TSUKURA」と交流のある家具工房「MUKUDORI」のオーナー、星川仁《ほしかわ》だ。彼は三十代半《なか》ばの、少し目尻が垂れたなかなかのイケメンで、スポーツ選手のように引き締まった身体付きをしている。

ヴィクトール以上に背丈《せたけ》があるため、正面に立たれると少々威圧感《いあつかん》を抱《いだ》いてしまうのだが、この明るい表情と親しみやすい態度のおかげでそれがかなり緩和《かんわ》されている。

星川がこちらへ顔を出す時は、いかにも仕事の途中で気分転換にやってきました、というような動きやすい作業着姿であることが大半だ。が、本日は珍しく半袖シャツにベスト、黒いパンツという普通の恰好《かっこう》をしている。

（今日は、「MUKUDORI」さんは定休日なのかな）

こんにちは、と返しつつ杏が首を傾げると、星川は人差し指で車の鍵《かぎ》がついたキーホルダーを回しながらにやりと笑った。

「杏ちゃん、仁兄さんが昼飯を奢《おご》ってやろう……と思っていたんだけれども、時間的にもう済ませたあとだよな。つうわけで、飯の代わりにデザートだ。ケーキ食いに行こう」

「えっ、ケーキ？　嬉しいお誘いですけれど、今は仕事中で――」

恐縮しながら断りの言葉を口にする途中で、杏は、カウンター内に入ってきた星川に腕を摑まれた。彼はそのまま杏を引っぱって外へ出ようとする。

「おい待て、そこの誘拐犯。俺に断りなく杏を勝手に連れ出そうとするな」

カウンターチェアから下りて険のある声でとめたヴィクトールに、星川が笑顔で振り向く。

「ん？　ヴィクトールも来るだろ？　おまえって甘いもん好きだよなあ。洋菓子も和菓子もよく食ってるもんな」

ヴィクトールは自分も誘われるとは予想していなかったようで、ぐっと息を詰めた。

（そういえば前にもヴィクトールさんって、仁さんたちが持ってきたパイを美味《おい》しそうに食べていたっけ）

意外なところで知ったヴィクトールの味の好みに、杏は少し嬉しくなる。

「逆に辛《から》いもんが苦手なんだよな。カレーなんて甘口以外食わないし。お子様舌め」

「うるさい……なんで舌がぴりぴりするような刺激物を好んで食べなきゃいけないんだ。辛いカレーはマゾ専用の食べ物だろ。俺には自分の口内を痛めつける趣味なんてない」

「なに言ってやがる」

妙な反論をしながらもヴィクトールはゆるんだ表情を見せて、いそいそと店の扉に鍵をかける。プレートもクローズ側に引っくり返す。

（ケーキの誘惑に屈したな、この人）

仕事中に店を抜けていいのか多少悩みはしたが、こうしてオーナーも同行するようだし、まあいいか。

杏たちは、店の前に駐車されていた星川のバンに乗った。星川が運転席に、ヴィクトールが助手席、杏は後ろの座席に。

「うちの店に最近アルバイトで入った子の家族が、この近くで喫茶店を経営してんだよ。そこへは俺も一度行ったことがあってね。エディブルフラワーの自家製ケーキが美味《うま》いんだ。見た目も女の子が好きそうだから、杏ちゃんを連れていってあげようと思ってさ」

星川が今回のお誘いの理由を説明する。

「それは楽しみです！」

杏は目を輝かせた。

エディブルフラワーとは、ラベンダーやバラなどの食べられる花のことである。

ヴィクトールじゃないが、杏も甘いものは好きだ。

「……なあ星川仁。そのアルバイトって、確か女子大生だったよな？」

助手席のヴィクトールが、ぱっさぱさに乾いた声で尋ねる。

ちょうど車が信号にかかったタイミングでの問いかけだ。その時星川は振り向いて、杏に笑顔を見せていた。しかしヴィクトールの言葉で、星川の笑顔が凍り付く。

バイトが女子大生だと、なにか問題があるのだろうか。

理由がわからず、杏は首を捻《ひね》りながら二人の様子をうかがう。

「ショートカットヘアの美女だと自慢げにしゃべっていただろ。この前、俺を無理やり居酒屋に引っぱっていった時に」

抑揚《よくよう》のない声でヴィクトールがそう言うと、星川はぎこちない動きで正面に向き直った。

「な、なんの話かな、ヴィクトール」

「俺はてっきり、この間幽霊付きの鉄道のボックスシートをうちに押し付けた詫《わ》びとして、杏にケーキを奢ってやるのかと」

そこでヴィクトールは、後ろの座席にいる杏を振り向いた。彼の目から光が消えている。

「それならまあ、心ないその行為も許してやろうかと思っていたのに、おまえ……バイトの女子大生にいい顔をするために、俺たちを喫茶店へ連れていくつもりだな？」

「……なるほど、売り上げ貢献的《こうけんてき》な感じで？」

杏も、流れでつい口を挟《はさ》んだ。

（へぇえ……、美女へのポイント稼《かせ》ぎかあ……、へぇええ……）

微妙に星川への感謝の思いと嬉しさが目減りした気がする。

「ちょっと待て、杏ちゃんまで悟りを開いた顔で納得するの、やめてくれない⁉　違うって、純粋な善意！　いや、ヴィクトールの言うように、前に怖がらせた詫びだ、詫び！」

……怪しい。

杏とヴィクトールはしばらくの間、焦《あせ》る星川をちくちくとした刺すような目で見つめた。

（仁さんは意外と遊び人……？　そしてヴィクトールさんも居酒屋に行くんだ）

食の嗜好《しこう》に続いて、彼の新たな一面を知ってしまった。

喫茶店へは十分程度で到着した。住宅街から離れた雑木林の手前にあり、外観はログハウスそのもの。なだらかに傾斜《けいしゃ》した三角屋根に、赤茶色の木材で組まれた壁。この深い風合いはおそらく経年変化の影響によるものだろう。夏の日差しが、密に組まれた丸太の色や年輪の模様を鮮やかに浮き上がらせている。建物の周囲には花や木々が溢《あふ》れており、その横手に小さな倉庫と砂利《じゃり》の駐車場が作られている。

星川が駐車場に車を停めた。バンを降りた一行は店へ向かう。

正面入り口となる焦《こ》げ茶色の扉の左右には、蠟燭形《ろうそくがた》のウォールランプが取り付けられている。扉の上部には横長のレトロな黄色い看板があり、〈café YADORIGI〉と刻まれていた。女子受けしそうなカントリー調の店だ。杏は一目見て気に入った。

ヴィクトールも熱心に店を見つめている……と思いきや、彼が注目しているのは建物の左右に立つ木のほうだった。高さは建物とほぼ同じだ。

(この人はどんな時でもブレないな)

椅子愛、ひいては木材、樹木に対する情熱がすごい。杏はそうしみじみしながらも、店の横に生えている木をひたすら眺めるヴィクトールに近寄った。靴《くつ》の下で、砂利が音を立てる。

「この木って確かイチイだったと思います。秋頃に小さな赤い実をつけるんですよね」

杏は自信たっぷりにヴィクトールに話しかけた。

イチイの木は、松ほどではないが、葉がとげとげした形をしているので見分けやすい。

「うん。イチイだね。……しかし、下手《へた》な剪定《せんてい》だな」

どうやらしげしげと見つめていたのは、枝の状態が気になったためらしい。

ヴィクトールに倣って杏もイチイの木の観察をする。

言われてみれば、ところどころ枝が不自然に折れている。

「ひょっとして枝枯れでもしていたんでしょうか?」

杏は思いつきを口にした。

「どうかな。そんなふうには見えないけど。だが食害があった可能性も考えられるね」

ヴィクトールはイチイから目を離さずに答える。

「少し前の風雨で折れたのかも」

「いや、人の手で折られている。というより、一応は道具を使って切られているみたいだ」

枝をじっくりと見上げれば、ヴィクトールの言うように一応は剪定鋏《ばさみ》の使用跡がある。しかし枝は、やけにまばらに切り落とされている気がする。

うーん、と二人で頭を悩ませていると、星川に「もしもーし」と呆《あき》れた声で呼ばれた。

はっと我に返って振り向けば、腰に手を当てた星川がぬるい目をして杏たちを眺めている。

「おまえたちはなんなの？　樹木医でも目指してんの？　杏ちゃんまで一緒になってさぁ……、椅子が恋人だと豪語する変態ヴィクトールにだんだん考え方が似てきたんじゃないか？」

「俺は変態じゃない」

「ヴィクトールは黙っときなさい。……まったくおまえたちときたら。入り口に植えられた樹木じゃなくて、もっと店のほうに関心持てよ」

「す、すみません」

杏は顔を赤らめた。ヴィクトールにつられてつい、イチイの観察に励《はげ》んでしまった。

「ほら、入れ入れ」と、杏たちは星川に背を押される形で入店する。カランと扉のベルが小気味よい音を鳴らす。

「いらっしゃいませ」

そう声をかけてきたのはカウンターの中にいた、三十代前半の、腰に黒いギャルソンエプロンを着けた男性だ。上はシンプルな白いシャツ。身長は百七十前後。色白で繊細《せんさい》な顔立ちをしている。こちらに向けられた表情はやわらかい。

彼の隣には同年代と思《おぼ》しき小柄《こがら》なポニーテールの女性がいた。化粧は控《ひか》えめで、清潔感がある。彼女もぱりっとした白シャツを着用し、腰にエプロンを着けている。そして杏たちを見つめる眼差《まなざ》しも穏やかだ。二人のよく似た雰囲気《ふんいき》から察するに、夫婦か恋人の関係ではないか。

店内には一人だけ客がいた。二十歳あたりのショートカットヘアのスレンダーな女性だ。この女性はカウンター席に座っている。目鼻立ちがはっきりした活発な印象の美人で、発色のいいピンクのショートパンツから伸びた長い足がまぶしい。耳には楕円形《だえんけい》の白いピアスがある。

杏は彼らから店内へと視線を動かした。

こぢんまりとした作りの店だ。赤茶色の木目が見事なカウンターには、低い背もたれの丸椅子が五脚。他はソファー席が四つのみ。カウンター横の壁には大型の木棚が置かれていたが、それは一般的な長方形ではなく三角形をしており、頂上部分には小鳥の木彫りを飾っている。

(かわいい！　こういうデザイン性の高い木棚、うちの店——「柘倉《つくら》」でも作れないかな)

もう少し小型サイズに変更して、安価で売り出せば、北欧アイテム好きな女性に受けるのではないだろうか。子供部屋用に展開してもよさそうだ。

そうあれこれと夢を膨《ふく》らませていると、後ろから小さく咳払《せきばら》いが聞こえた。我に返って振り向けば、星川が「……杏ちゃん？」と訴《うった》えるような視線を送ってくる。杏は愛想笑いを返した。

「星川さん！　来てくださったんですか」

カウンター席にいた活発な印象の美人が、笑顔を見せて歩み寄ってきた。彼女は星川と知り合いのようだ。

（へえ、ショートカットヘアの美人。大学生くらいの）

それらの符号にピンときて、杏は瞬時に愛想笑いを打ち消し、意味深に星川をじっと見た。

美人が声を発するまでカウンターチェアのほうを観察していたヴィクトールも、やはり物言いたげな冷たい視線を星川に投げている。不利な状況を悟ったらしき星川は、先ほどの杏のように愛想笑いを浮かべて目を逸《そ》らすと、その女性に軽く手を振った。

「よ、よお」

「ご来店ありがとうございます、どうぞこっちの席に！」

女性が溌剌《はつらつ》とした声で言って、星川を……杏たちをソファー席のひとつへ誘う。

杏たちはじいいっと星川を見つめながら、彼女が指し示したソファー席におとなしく近づいた。彼女と星川が並んで腰掛け、テーブルを挟んだ向かいに杏とヴィクトールが座る。

「えー…、彼女はうちの店に新しく入った、三輪《みわ》皐《さつき》さん。で、連れの二人は、付き合いのある工房のオーナーのヴィクトールと、そこの店員の高田《たかだ》杏さんだ」

星川が簡単に互いの紹介をしてくれる。

「こちらが、星川さんが言っていた噂《うわさ》のオーナーですか……！　本当に恰好いいですね！」

皐がヴィクトールを見て、一瞬驚いた顔をしてから、ほうっと頬を染める。

（見惚《みと》れる気持ちはわかる。でも仁さんはいったいどんな話を彼女に聞かせたんだろう）

杏は、話題に上げられたヴィクトールの様子をおそるおそる確かめた。皐の称賛にもとくに反応を見せないが……彼の目が少々死んでいる気がする。

店員の男性が苦笑しながらメニュー表、そしてカウンターに置かれていた皐の珈琲《コーヒー》とケーキを持ってきた。

ヴィクトールの淀んだ眼差しがケーキのほうへ向かう。若干《じゃっかん》、生気が戻っただろうか。

「星川さんから既にお聞きかもしれませんが、ここの店は私の姉夫婦が経営しているんです。こちらは姉の夫でオーナーの田所一哉《たどころかずや》さん。あ、ちなみに姉は田所弥生《やよい》っていいます。今年で結婚四年目なんですよ」

皐の紹介が聞こえたのだろう、カウンター内にいた店員の女性もこちらへ歩み寄ってきて、杏たちに微笑を見せた。この優しげな女性が皐の姉の弥生のようだ。

夫婦か恋人の関係では、という杏の推測は、珍しく正解だったらしい。

再びヴィクトールに見惚れる皐を横目でうかがいながら、杏は弥生に小さく頭を下げた。

明るく人懐っこい皐と、静けさが似合う落ち着いた雰囲気《ふんいき》の弥生。対照的な姉妹だ。

あまりじろじろと見るのは失礼だと気づき、杏はテーブルへ視線を移した。皐の食べかけのホワイトケーキに目をとめる。これが星川の言っていたケーキだろうか。

「今日のオススメケーキセットを三つ、お願いします」

星川が、こちらにメニューを差し出そうとした一哉ににっこりと笑いかけて、杏たちの分もまとめて注文する。杏もヴィクトールも訂正せず、星川に任せておく。

「はい、それでは少々お待ちください」

夫婦は同時に微笑み、カウンターへ戻っていった。

彼らを見送って、杏は無意識の内に「素敵だなあ」とこぼした。ヴィクトールたちの視線が杏に集中する。はからずも注目を浴びてしまい、杏は頬が熱くなるのを感じた。

「その。こんなふうに夫婦でかわいい喫茶店を経営するのって、いいなあと思ったので」

どぎまぎしながら言い訳じみた説明をする杏に、皐が嬉しそうに笑いかけてくる。

「いいでしょう！　この建物はですね、もとは個人が所有していたログハウスだったんですよ。それを姉夫婦が借りて、二年前に喫茶店を開いたんです」

「へえ……。あちらにある棚やオブジェもかわいいですよね」

答える杏も自然と笑顔になった。おそらく『木』をモチーフにしたのだろう縦長の三角形の棚には、頂上部分に飾られている木彫りの鳥と同形の置物が色違いで展示されている。その他にマグカップや小皿などの食器や雑貨があった。ひょっとして販売もされているのだろうか？

「あそこの展示品も、全部姉が作ったんですよ。姉は木工雑貨の職人で、手のあいた時にこのカフェを手伝っているんです。よかったらあとで作品をご覧になってくださいね」

皐が瞳をきらきらさせて誇《ほこ》らしげに宣伝する。

なるほど。今日はちょうど弥生が店に出ている日だったらしい。しかし店を手伝うと言っても本職が木製品の職人だからか、弥生は今、カウンターのテーブル拭《ふ》きや片付けなどの簡単な仕事しかしていない。珈琲やケーキを用意しているのは一哉だ。

「職人のお姉さんに感化されて、皐ちゃんはうちの店でのバイトを希望したんだよな」

星川がそう補足する。皐は否定せず、恥ずかしげに微笑んだ。

「姉は工場や工房には入らずに、一人で製作しているので……でもきちんと基本を学びたいなら信頼できるところに入りなさいって諭《さと》されて、星川さんのお店にお願いしたんです」

「独学や転職組になるとなあ、まず板材の入手の段階から躓《つまず》くんだよな。……まあ、どんな業界でも人脈は大事よな」

星川は言葉を濁《にご》すと、複雑そうな表情を浮かべ、指先でこめかみを掻《か》いた。

(余所者《よそもの》は警戒されやすい狭《せま》い世界ってことなのかな)

杏の仕事は店番のみで実際の製作に関わることがないため、たとえば材木屋や家具メーカーとのつながりの有無などは不明の状態だ。しかし人脈は大事という星川の言葉には同意する。

それから注文したメニューが来るまで、杏たちは話に花を咲かせた。

「そうだ、今日は『MUKUDORI』さん、お休みなんですか？」

という杏の問いに、星川と皐が笑顔で同時にうなずいた。

「休みっつっても俺、午前中は工房に入っていたけどな」

そう苦笑する星川に、杏は心の中で「この人も心から木製品が好きなんだ」と納得する。

「ええ、今日はバイトがないので……、このあとは私、友人と出掛ける約束をしています」

はきはきと皐が言う。

その後の話題の中心は、やっぱりこの店……というか皐の姉夫婦についてだ。ヴィクトールは会話に参加せず、皐の食べかけのケーキセットをやけに難しい目で見ている。

「うちの姉たちは本当に仲がいいんですよ。今でも新婚気分が続いている感じですね。そういうの、羨《うらや》ましいって思っちゃう。それに一哉さんってば、姉が風邪を引いたりすると、もうそれこそ下にも置かないお姫様扱いをするんですよ。姉がうざがるくらい世話を焼きまくるの」

皐がカウンター内の夫婦に目をやる。彼女の視線に気づいた二人が、日常の風景を暴露《ばくろ》された気まずさもあってか、困ったような表情を見せる。

「はあ……、一哉さんみたいな優しい旦那さん、私もほしいなあ。私も今、少し調子を崩し気味なので、すごく大事にされたい！」

一哉のほうを憧《あこが》れのまざった目で見ると、皐は両手の指先で軽く頬を押さえてぼやく。

わかるわかる。

杏は共感し、うなずいた。体調が悪い時に大事にされるのは、嬉しいものだ。

「あ、一哉さんね、姉と性格が似ているんですよ。穏和でめったに怒らないんです。だけど本気で怒った時は怖い」

「皐ちゃん、なにか怒られるようなことをしたのか？」

星川の冗談に、皐は「いやあ、そんな……」と笑ってごまかした。

「……なんだかんだで結局は二人とも、私に甘いんですけどね。私のケーキ代は、二人の懐《ふところ》から出ています。妹って素晴らしい！」

胸を張る皐を見て、夫婦が軽く笑った。

「お似合いのご夫婦ですね、本当に素敵です」

杏は、彼らを順繰りに見て、素直な感想を口にした。

(私もいつか結婚したら、旦那さんとこういうお店を出したいな)

恰好よくて優しい人だと、なおよし。

それでいて、椅子が好きで頼りがいがある人なら、多少偏屈《へんくつ》でも人類が嫌いでも問題ない。

心のままに自分なりの理想の相手を思い描いたあとで、ヴィクトールがこちらを見ていることに気づき、杏は慌てた。

「ちっ、違いますよ、別に私、変なことを考えていたわけじゃないですし――！」

「夫婦経営だからといって、本当に仲睦《むつ》まじいかどうかは当事者たちにしかわからないだろ」

「……はい？」

虚《うつ》ろな目でなんて言った、この人。

「他人には熱愛中に見えても実際は仮面夫婦という可能性だってあるじゃないか。君たち、年間の離婚件数を知っているか？　二十万ほどもあるんだぞ。一年間での結婚件数がおよそ六十万だから、三組に一組の割合で離婚が成立している計算だ」

「ヴィクトールさん」

「人の心は変わる。一年目は永遠の愛だと信じていても、二年目には別の相手に新たな愛が芽生えていたりする。俺はそんな目に見えない不確かな感情を信じないよ。どうしても永遠の愛が存在すると言い張りたいのなら、結婚届の裏に『もしもパートナーへの愛が失われた場合、離婚後は生涯他の誰とも添《そ》い遂《と》げません』っていう一言を入れる覚悟くらいは見せてほしい。自分たちの愛の強さに自信があるのなら、その程度の誓《ちか》いは簡単にできるだろ。できないっていうなら、はじめから『三年で別れます』と夫婦の期限を決めた契約結婚にすればいいんだ」

「ヴィクトール」

杏と星川は表情を消してヴィクトールをとめようとした。

夢がないにもほどがある彼の歪《ゆが》んだ主張に、皐も唖然《あぜん》としている。

「あぁそうか。愛はひとつきりだが、ただし回遊魚のように異性の間をあちこち巡《めぐ》るのをとめられない、ということか？」

それでもストップしないヴィクトールの脇腹を杏は無言でつつき、皐に深々と頭を下げた。

（うちのヴィクトールさんがすみません……、でもこの人は決して悪意があって際どい発言をしているわけじゃないんです）

ただ、恋愛に対して極端に懐疑的で、場の空気を読めない。もしくは読む気すらない。

「すごい。噂通りの方ですね……」と、皐がぽつりとこぼす。微妙に感心した響きさえある。失礼だと怒られずにすみ、ほっとしたが、本当に星川はヴィクトールについてどんな噂をしているのか。外見はどうやら褒めていたみたいだが、問題は中身についての説明だ。

杏たちの間に広がる重苦しい空気を払拭《ふっしょく》してくれたのは、ケーキセットを小型のワゴンに載せて運んできた一哉だった。

「お待たせしました」

彼は、不自然に黙り込んでいる杏たちを気遣《きづか》うように眺めたあと、ケーキと珈琲をテーブルに並べた。杏は気を取り直し、「わあ、かわいい！」と小さく歓声を上げた。

星川が車内で言っていた通り、円形のホワイトケーキの上にエディブルフラワーが散らされている。星に似た形の薄ピンクのペンタスと、同色のミニローズの組み合わせだ。ラズベリーとつやつやした赤い苺《いちご》ソースがいろどりを加えている。

「ケーキも華やかですけど、カップやお皿も素敵ですね」

杏は笑顔になって称賛した。皐のケーキセットを見た時から気になっていたのだ。ヴィクトールも夢のない主張を披露《ひろう》する前までは、真剣な表情でこのケーキを見つめていたくらいだ。

盛り下がっていたテンションが一気に上がる。スイーツは偉大だ。

「うちで使用している食器はすべて妻の手作りなんですよ」

一哉が目映《まばゆ》いものでも見たように目を細めて、照れた声で答える。

こちらの会話が聞こえたらしく、弥生もカウンターから出てきて、「このカップ類も販売しています。そこの棚に展示していますので、よかったら見てくださいね」と微笑んだ。

「ぜひあとで拝見したいです！」

まずはこのケーキを食べてから！

杏の心の声が聞こえたのか、夫婦は笑いを堪《こら》えるような、あたたかな表情を見せた。

食い意地が張っていると思われただろうか。少し恥ずかしい。

胸にわいた羞恥心《しゅうちしん》をごまかそうと、杏はことさら明るくヴィクトールに話を振った。

「ヴィクトールさん、木製の食器ってかわいいですね！」

取り繕《つくろ》うような言い方になったが、決してお世辞ではない。長方形のソーサーに、持ち手の部分が大きめに作られた丸いカップ。その横に添えられているマドラーとミルクピッチャーも木製だ。ケーキを載せた皿やフォークももちろん同じ。どれも深い飴色《あめいろ》をしている。木製品に時折見られるざらつきも、このカップにはない。細部まで丁寧に仕上げられている。

「あっ、ヴィクトールさん。このソーサー、トランプの模様になっていますよ」

カップを持ち上げると、ソーサーの表面にジャックの図が刻まれている。

「マドラーのトップ部分もトランプのマークなんですね。私、ハートだ……！　ヴィクトールさんはクラブですね」

「こっちはスペード。ソーサーはキングだな」

星川もカップを持ち上げて図柄を確認する。

「私のマドラーはダイヤで、ソーサーは……杏さんと同じジャックですね」

皐も話に乗って、カップやマドラーをソーサーから浮かせる。

天然木の製品のためか、皐のマドラーはわずかに色味が違っていた。彼女の物のほうがやや白っぽく、杏のほうは逆に濃い。こうした色合いの差も木製品の特徴《とくちょう》のひとつだろう。

「あぁ〜、これはとてもグッときますね。ハートのぽってりとしたフォルムがいい……！」

「でしょー、女子的にグッとくるでしょー。セットだと七千円ですけれど、マドラーなら単品で八百円ですよ、お求めやすいお値段ですよー。作りが多少大きめですので、マドラーとしてだけじゃなくデザートスプーンにも使えます」

「ああ〜！」

皐はなかなか商売上手《じょうず》だ。確かに一本八百円なら杏でも気軽に買える。

「私も姉から買いました。このダイヤが私の一番のお気に入りなんですよね」

彼女は悪戯っぽく笑うと夫婦に甘えるような視線を向け、マドラーを宙でくるりと回した。

ダイヤはシンプルかつ大人っぽいデザインをしている。それも悪くないが、杏はやっぱりハートデザインのマドラーが一番かわいいと思う。……形的には、クラブも惹《ひ》かれるけれど。

(四本全部買ったら三千円超えか……、でも一本か二本なら、そこまで痛手の出費じゃない)

本当に乙女心をくすぐるデザインだ。木製というのがまた、いい。

物欲を刺激され、しばらく葛藤《かっとう》してしまう。

「ソーサーはキングの在庫が切れているんですが、マドラーでしたら四つのデザインすべて揃《そろ》ってますよ。このトランプシリーズは私の定番商品なんです。はじめて販売化した、思い入れのあるシリーズで……」

杏が買うか我慢するかの天秤《てんびん》でぐらぐらしているのを見て、弥生もかすかに茶目っ気を覗かせ、製作秘話を交えた誘惑の声をかけてくる。

……あとでハートだけ買っちゃおうかな。

最近の杏は、木製品の雑貨に弱い。「これいいな」と好みに合った小物類を発見すると、衝動的に購入したくなるのだ。ヴィクトールも遊び心がさりげなく鏤《ちりば》められた木製品を見つけたら、嬉しくならないだろうか。杏はその感覚を共有したくなり、隣の様子をうかがった。

予想に反して彼は、むっと眉根《まゆね》を寄せてテーブルの上を眺めている。

杏は戸惑《とまど》った。不機嫌そうだ。マドラーやソーサーのデザインは、大人の彼にしたら女子向けすぎるのかもしれない。

「それではごゆっくり」

一哉が柔和《にゅうわ》な笑みを浮かべて言い、ワゴンを押してカウンターへ戻った。弥生も頭を下げて彼のあとを追う。杏も慌てて頭を下げた。

皐からデザートスプーンにも使えると聞かされたためか、杏はフォークではなくそのマドラーでケーキをすくおうとした。だがヴィクトールがふいに杏の手首を摑み、とめる。

フォークを使えという意味でとめてくれたのだろうと思ったら、ヴィクトールはなぜか自分のマドラーを手に取った。それをまじまじと見つめたのち、いきなり指を離す。

「えっ」

そんな行動を取れば当然のこと、マドラーは床に落下する。そのカランという硬い音を聞いて、カウンターに入ろうとしていた夫婦が振り向いた。

「ヴィクトールさん⁉」

彼の奇行に杏が驚きの声を上げると、ヴィクトールは「ああ、手が滑《すべ》った」と悪びれずに答えた。それから唖然としている皐へ視線を移して、「君のマドラーを貸してくれる?」と、思いがけない発言をする。

「お待ちください、新しいものをご用意しますので」

弥生が慌てて言うが、ヴィクトールは澄ました顔のまま、無反応を貫く。

間を置かずに一哉も「すぐに替わりをお持ちします」と口にしたが、これも完璧《かんぺき》に無視。

ヴィクトールは全員の視線を浴びても動じず、わずかに身を乗り出し、魅力的に、にこりと皐に笑いかけた。日頃から彼の顔を見慣れているはずの杏でも息がとまりそうになるくらい、甘い表情だった。真正面からそれを目にした皐は硬直している。

もしかしてこれはナンパの一種だろうか。その可能性に思い至って、杏は密《ひそ》かに驚愕《きょうがく》した。ヴィクトールはよほどのことがない限り、他人と積極的に打ち解けようとしないのだ。それをするのはなにか理由があるか、または……好意を持ったか。

「君の、借りてもいい？」

「え、あの、でも、これ、一度使っちゃって――口はつけてないですけども」

皐は一瞬で真っ赤になり、しどろもどろに答える。

まわりを置き去りにして見つめ合う二人の様子に、杏は割りこめない空気を感じ、押し黙った。星川も、突然なにが始まったのかと驚いたように彼らを眺めている。

「――こちらをどうぞ！」

強めの口調でそう言い、二人の世界を叩き切ったのは、新しいマドラーを持ってきた一哉だ。いくら妻の妹の知人相手とはいえ、一度使用した物を客に渡すわけにはいかないと思ったのだろう。一哉は焦った顔をしている。色白なので目尻が薄く染まっているのが見て取れる。弥生はというと、おろおろと全員を見回していた。

今の一哉の声で皐は我に返ったらしい。気まずげに俯《うつむ》く。

ヴィクトールは一哉が差し出すマドラーを一瞥《いちべつ》すると、途端に笑みを消し、憂鬱《ゆううつ》そうに溜息をついた。普通なら非常識な反応だと感じるところだろうが、そこはヴィクトールだ。

(いつものヴィクトールさんの雰囲気に戻った)

杏は密かに胸を撫《な》で下《お》ろした。ところが――。

「俺、今は洋菓子よりも和菓子が食べたい。杏、出よう」

「……えっ⁉」

出ようって、なに⁉

すぐには言葉の意味を飲み込めず、混乱していると、ヴィクトールは了解なしに杏の腕を取って立ち上がった。そしてポケットから財布を取り出し、身動きできずにいる一哉に千円札を数枚押し付ける。

「お釣《つ》りは不要。――なにやってる、星川仁も行くぞ」

「はっ？　お、おい待て！」

うろたえる杏を引っぱってヴィクトールはさっさと店を出た。星川も慌ててついてくる。

駐車場に停めている車の前まで来てから、星川が「待てってば！」と大きな声で言った。

「うるさい、怒鳴らなくても聞こえている。早く車のロックを解除しろ。暑い」

「おまえなあ……！　……ああ、もう！　なんだ、あの店のいったいなにが気に食わなかったんだ、この変人め」

星川は、はじめこそ怒った顔を見せていたが、すぐにあきらめた様子で声のボリュームを落とした。ヴィクトールは冷ややかな態度を崩さず、つんと横を向く。

「別に。和菓子が食べたくなっただけだ」

……本当にそんな他愛《たわい》のない理由で？

杏は疑問を抱き、ヴィクトールのシャツを軽く引っぱった。変人として定評のある彼だが、仮にも星川とつながりのある皐の身内の店で、ああもマナー違反な振る舞いをするだろうか？

（……しない、と断言できない。前科があるだけに、ヴィクトールさんを庇《かば》い切《き》れない！）

もしも単なる気まぐれゆえの行動だったなら、あとでこっそり来店し、弥生夫婦に謝罪しておこう。だが今回に関しては、なにか意図あっての行動のような気がする。

本当のことを話してほしい。

そう視線で強く訴えると、ヴィクトールはわずかに眉を下げて悩むような素振《そぶ》りを見せる。

杏が口を開きかけた時、店から弥生が出てきた。硬い表情で、こちらへ駆け寄ってくる。

「あの……！　なにか私どもが皆さんに失礼な真似をしてしまいましたか？」

弥生は杏たちの前で立ち止まると、胸の前で手を握り、ヴィクトールにおずおずと尋ねた。

「それとも皐がお客様に不快な思いをさせましたでしょうか。……妹は誰に対しても気軽に声をかけてしまうタイプですが、決しておかしな真似をするような子ではなくて——」

妹をフォローしたいという気持ちと、杏たちが突然店を出た理由を知りたいという気持ちで弥生が葛藤《かっとう》しているのがわかる。

ヴィクトールは彼女の問いには答えず、考え込むような表情を浮かべた。

杏も、なぜヴィクトールが店内で突然奇行に走ったか、そのわけを知りたい。

ヴィクトールは人類が嫌いと公言しつつも他人をよく見ている。ちょっとした言葉のニュアンスにも耳を傾ける。だから、きっとなにかに気づいたのではないか。その「なにか」が彼を、店から出たいと思わせた。

杏がもう一度シャツを引っぱって催促《さいそく》すると、ヴィクトールは渋面を作った。

(この人は、せがまれると案外弱い)

教えてほしいと真剣に頼めば、それを無下にはできない。皮肉屋だが、優しい人なのだ。

「――俺はただ、あのイチイの枝は誰が折ったのかとずっと考えていたんだよ」

ヴィクトールはしばらくの逡巡《しゅんじゅん》のち、重たげな口調で話し始めた。

「私たちがお店に入る前に見ていた木ですね?」

なぜ今イチイの話を、と戸惑いながらも杏は確認する。

「ああ。剪定というにはずいぶん荒っぽい切り口だったろ。たとえば、誰かが荒れた感情のまま強引に断ち切ったような」

ヴィクトールはそう述べると、店の横に立っているイチイの木にちらりと目を向けた。

杏もそちらを見ようとして、ふと視界の端に映《うつ》った弥生の様子がおかしいことに気づき、きょとんとする。弥生は恐ろしいものを前にしているかのようにヴィクトールを見つめていた。

今の話で彼女がなぜそんな反応をするのかわからない。

星川も変な顔をして、弥生とヴィクトールを交互に見る。

「え……っと、どういう意味でしょうか？　感情的に剪定をして、なにか問題が？」

代表して杏が聞くと、ヴィクトールは温度のない眼差しをこちらに寄越す。

「枝を断ち切った人間が誰かで、話は変わってくる」

彼の答えはますます謎《なぞ》を呼んだが、それでも杏は反射的に弥生へ目をやった。

先ほどの反応で、おそらくその「誰か」は彼女だろうと予想できたからだ。星川も弥生の不自然な態度に気づいており、杏同様に彼女を観察し始める。

杏と星川から同時に視線を浴びた弥生は、明らかに青ざめた。

「……あー、ひょっとして、弥生さんが枝を切った……ってことか？」

星川が言いにくそうに首の後ろを撫でながら問いかける。

弥生は心の乱れを見せまいとするように瞼《まぶた》を伏せた。イチイを切り取ったのはどうやら彼女で間違いないようだ。

ヴィクトールは、挙動不審になった弥生を一瞥すらせず、ただ淡々と自説を口にする。

「もしも田所弥生が剪定した本人なら――その枝でマドラーを作ったんじゃないかと思った」

「店の食器はすべて材木店から購入した栗《くり》の木で作っています。勝手なことを言わないで!!」

弥生は視線を上げて、すぐさま反論した。

杏は全員を見回す内に、なんだか嫌な予感がしてきた。ぞくぞくもしてきた。わき上がる恐怖が感覚を狂わせているのか、真夏の日差しは肌を焦がすほど強いはずなのに、急に気温が下がった気さえする。

（これは、なにかある。っていうより、弥生さんはなにか隠している）

星川も杏と同じ感覚に陥ったようで、少し顔色が悪い。

「イチイの枝でマドラーを作ったら、まずいことでもあるんでしょうか？」

思い切って尋ねると、弥生は焦りと苛立《いらだ》ちが混ざった表情で杏を睨《にら》み、「作っていません！」と再び否定する。しかしヴィクトールは取り合わずに、ゆっくりと瞬《まばた》きをしてから告げた。

「イチイは毒を持つ木なんだよ」

「――はっ⁉」

毒？

「学名は、ギリシャ語の『弓』を意味する〝トクソ〟から来ているという説がある。これは英語で言う『毒』……toxinの元となった言葉でもある。アルカロイド――植物塩基とも呼ばれる有毒のタキシンがこの木には含まれているんだ」

「待て、ヴィクトール。確か毒を持ってんのは種のはずだぞ。実は食べられる。それに、イチイ製の食器だって普通に売られているだろ。マドラーを作ったって、とくに問題ねえよ」

星川の指摘に、ヴィクトールはゆるく腕を組んで小さくうなずいた。

「実は口にしても大丈夫だ。葉や枝、種の部分に毒が含まれているんだよ。タキシンは嘔吐《おうと》や腹痛などの様々な症状を引き起こし、最悪の場合は死に至らしめる。かつては、イチイの葉は民間薬にも使われていたが……毒と薬は紙一重《ひとえ》のいい例だな」

言葉を失う杏たちに目を向けて、ヴィクトールは冷静な眼差しで説明を続ける。

「ただ木材をマドラーとして使うぶんには人体に影響はないかもな。でも、たとえばそのマドラーを、葉を煎《せん》じた物に漬《つ》け込《こ》んでいたとしたら？　それを使った人間は少しずつ毒を体内に取り込むことになる……そんな計画を立てていたとしたら」

ヴィクトールが挙げた恐ろしい可能性に、杏はぞっとし、自分の腕を強めにさすった。気がつけば腕にびっしりと鳥肌が立っている。

「ま——待て待て待て。いや、実際に切断されていた枝があったようだけどな、だからって、なんで弥生さんがそんなやばいものを作るんだよ。客を無差別に殺害する気だったとでもいうのか？　そんな馬鹿な」

星川が顔を引きつらせて、ヴィクトールの不吉な推測を否定する。

杏もこくこくと何度もうなずいた。そうだ。そんな恐ろしい計画をこのおとなしげな女性が立てていたなんて、とても信じられない。

しかしヴィクトールは、杏の必死な思いを容赦《ようしゃ》なく退けるような言葉を吐き出す。

「無差別じゃない。田所弥生が狙《ねら》っていたのは、妹の三輪皐のみだ」

杏は一瞬ぽかんとしてから、慌てた。

（なぜ実妹の命を狙うの⁉）

無差別殺人計画も非現実的に感じたが、身内の殺人計画も救いがなさすぎる。

「君たちだって、店内で聞いただろ。三輪皐は、『私も今、少し調子を崩し気味なので、すごく大事にされたい』と言っていたじゃないか」

鬱陶《うっとう》しげに答えるヴィクトールを見て、杏と星川は目を剝いた。弥生は深く俯く。

（体調を崩し気味――確かに皐さんはそう言っていたけれど、それって単なる風邪や疲労とかのせいじゃなくて……知らず摂取《せっしゅ》した毒が原因？）

杏は寒気がとまらなくなった。まさか、本当に？

「他とは微妙に色の違うダイヤのマドラー。不自然に断ち切られたイチイの枝。マドラーを作っているのは田所弥生。体調の悪い三輪皐。ひとつひとつの出来事を組み合わせて、俺は考えたくないことを考えてしまったんだ。だから店を出たくなった。――基本的に、誰がなにをしようが俺には関係ない。愛したいなら愛せばいいし、殺したいなら好きにすればいい。だが他人の愛憎劇《あいぞうげき》には巻き込まれたくないし、杏たちも巻き込んでほしくないだけだ」

ヴィクトールが拒絶も明らかな硬い口調でそう締めくくると、弥生がかすかに身を震わせた。

彼女はもうヴィクトールの言葉に反論しようとしなかった。

——嘘でしょう?

ヴィクトールの推測は事実なのか。

「ど、どうして妹さんを……?」

杏がかすれた声で尋ねると、ヴィクトールは殺意の理由を聞かせていいのかと逡巡するように少し黙り込む。

「仲のいいご姉妹《きょうだい》に見えました。とくに皐さんは……お姉さん方をあんなに褒めていたのに」

「本当に仲睦まじいかどうかは、当事者たちにしかわかり得ないことだよ」

苦々しい表情を浮かべるヴィクトールを見て、杏は口ごもる。

店内でも彼は似た発言をしていた。その言葉は夫婦間だけじゃなく家族にも当てはまるのか。

「実際は、弥生さんたちはそこまで険悪な仲だったんですか……」

人の心に巣食う闇を垣間見《かいまみ》た気分になって落ち込む杏に、彼は追い打ちをかけた。

「というよりは、妹と田所一哉が浮気していた、それが田所弥生を狂わせた一番の理由じゃないか? 見ての通りだろ」

「……はい⁉」

「はあっ⁉」

杏と星川は同時に高い声を出した。突然の「浮気」というワードに、二人して混乱する。

「どこが見ての通りなんだよ。つか、店内での短い会話だけで、なんで皐ちゃんらが浮気していたとわかるんだよ」

「そ、そうですよ。それに——現実的な問題として、毒のマドラーをどうやって皐さんだけに使わせたんですか。私たちにだって同じシリーズのマドラーが配られていたじゃないですか」

杏たちの剣幕に、ヴィクトールが怯《ひる》んだ。

「……おまえたちこそいったいなにを見て、なにを聞いていたんだ？　三輪皐は、田所一哉のような旦那がほしいとはっきり声に出していたじゃないか」

「いや、それはいわば社交辞令のひとつっていうかな！」

「純粋《じゅんすい》な憧れによる姉夫婦自慢としか！」

杏たちが再び叫ぶと、ヴィクトールはおかしな話でも聞いたかのように首を傾《かし》げた。

そうしたいのはこちらのほうだ。普通は、あの穏やかな会話で、本当に皐が一哉をほしがっていたとは……浮気にまで発展していたとは考えない。

「だって田所一哉と三輪皐はあからさまに目配せし合っていただろ」

「いつですか！」

「いつだよ！」

ヴィクトールと同じ景色を見ていたはずなのに、なぜこんなにも話が嚙み合わないのか。感性の違いという言葉では片付けられない。そのことに、杏は無性にもどかしくなる。

「……三輪皐が、ダイヤのマドラーが一番お気に入りだと言った時にだよ」

ヴィクトールは、むしろ杏たちがなぜこんな質問をするのか理解しかねる、というような悩ましい表情を浮かべて答えた。

「具合が悪いと口にした時も三輪皐は、まっすぐに田所一哉を見つめていただろうが」

……そうだったっけ？　いや、弥生夫婦の話をしていた時なのだから、彼らに視線を向けるのは、それほど変ではない気がする――。

「あんなにじっとりとした目で見ていたら、なにかあるなとすぐにわかる。ただならぬ関係じゃないかと考えて、なにがおかしい？　そもそもあの二人は、はじめからそんな感じだった」

あくまでも理性的に説明され、杏たちはぐっと眉根を寄せて口を閉ざす。

しかしまだ納得がいかない。

黙り込む杏たちをちらっと見て、ヴィクトールは困り顔で唇に指を当てる。

「ああ、そうだ。俺がわざとマドラーを床に落として三輪皐に意味深に笑いかけた時、田所一哉は顔色を変えてすっ飛んできただろう？　あれはきっと、三輪皐が他の男……俺に興味のある素振りを見せたから、嫉妬《しっと》したんだよ」

「ヴィクトールさん、そういう理由で奇行に走ったんですか！」

杏が突っ込むと、ヴィクトールは口角を下げて、据《す》わった目をした。

「奇行ってなんだ。俺は一度もそんな行動を取ったことはない。最低限のマナーは守る」

……すみません、ヴィクトールさんならマナーとは別の次元で突拍子もない行動に出るかもしれないと思いました、という本音には蓋《ふた》をしておく。

(それにしても、自分の顔のよさをよくご存じで!)

使えるものは自分の美貌《びぼう》さえ惜しみなく使う。

このあたり、ヴィクトールは合理的主義というのか、やはり割り切った考え方ができる大人なのだと感じる。これまでにもそういう場面を何度か目撃したが、杏としては、なんだか気持ちが落ち着かなくなるので、あまりやってほしくないところだ。

「あの『お気に入り』発言の時の意味深な目配せから察するに、おそらくだがダイヤのマドラーが彼らの秘密の合図にでも使われているんじゃないのか」

ここでもマドラー?

ヴィクトールの胡桃色の瞳を見つめ返しながら、杏は急いで考える。弥生は毒性のマドラーを作った。その一方で阜はマドラーを浮気のサインのアイテムにした……? ということは。

「たとえば……生々しい話になるが、三輪阜が来店した時、田所がダイヤのマドラーを珈琲に添えて出せば、『今夜二人きりで会いたい』とか『好き』なんていうサインになるとかね」

杏と星川は同時に、泥《どろ》でも飲まされたような顔になった。

ヴィクトールは強い日差しが耐え難《がた》くなってきたのか、恨《うら》めしげな表情を見せて説明する。

「ひょっとするとソーサーの数字も秘密の合図に関係していたかもな。……単純にささやかな愛情を伝える目的で使用していたとは思えない。やはりその先にある、具体的な裏切り行為の誘いに使われていたように思う」

……あまり想像したくない話になってきた。

「……するとなにか？　弥生さんは日々目の前で交わされる彼らの浮気のサインに気づいて、制裁するつもりか、あるいは嫉妬に駆られたかでイチイ製のマドラーを作ったたってことか？」

鼻筋に皺《しわ》を作って尋ねる星川に、ヴィクトールはなんのためらいもなくうなずく。

今更だが、こんなひどい話を弥生の前でして大丈夫なのかと、杏は悩んだ。

その弥生本人はというと、下を向いて脱力したきり、動かない。

「だがそれってかなりの手間じゃねえ？　皐ちゃんたちは、もともと店にあったトランプシリーズのマドラーを使って合図を送っていたわけだろ。だから弥生さんは腹を立てて、それを毒性のものにすり替えようとした。客用として出しているあのシリーズのマドラーが店にどれほどあるのかは知らんが、当然、一本や二本なわけがないよな。マドラーが簡単な作りとはいえ、複数用意するとなるとさあ……」

星川のもっともな指摘に、ヴィクトールは気怠《けだる》い様子で返答する。

「いや、そこまで手間じゃないよ。すべてのマドラーを入れ替える必要なんてない。ダイヤだけが毒性のあるイチイ製で、他のスートの……他のマークのは違うんじゃないかな」

「ああ、そういや、『ダイヤがお気に入り』なんだったか」

納得する星川を横目で見ながら、杏はつい薄暗い部屋で黙々と枝を削《けず》る、能面のような顔をした弥生の姿を想像してしまい、背筋が冷えた。彼女の姿を正視できなくなる。

——ただ、矛盾《むじゅん》というほどではないが、ちょっと疑問に感じることがある。

杏は少しの躊躇《ちゅうちょ》の末、うまく消化できずにいたその点についてを口にした。

「……どうしてダイヤなんでしょうか？」

「どうして、とは？」

質問の意図が正しく伝わらなかったようで、ヴィクトールは怪訝《けげん》な顔をした。

杏はどう説明すればいいのか迷った。あからさまな食い違いを発見したわけではなく、本当にいわば感覚的な部分で「あれ？」と引っかかっただけなのだ。

「ええと……お気に入りのマークだったから、といえばそれまでなんですが……。でも、浮気の合図に利用するのだったら、普通はハートのデザインのマドラーを選びません？」

ダイヤよりもハートのほうが、なんというのか——愛や恋に結びつけやすいマークじゃないだろうか？　お気に入りとはまた別の感覚だ。一般的な共通認識というか。

「それに、弥生さんに見つかる可能性が高い店で、わざわざそんな危険な合図を送る必要もないように思います」

杏は考え考え、慎重《しんちょう》に告げる。

秘密の関係を継続したいのなら、ＳＮＳで連絡を取り合ったほうがよっぽど安全だ。

「ハートだと、いかにもだろ」

ヴィクトールは、さらっと答えた。

「……そうですけど」

いかにもだから、別のマークを選んだ？

杏はもやもやした思いを消化し切れず、眉間《みけん》に皺を寄せた。

「――なあヴィクトール。皐ちゃんが店に来るたび、一哉さんが珈琲と一緒に同じマークのマドラーを出していたとは限らないんじゃないか？」

星川がふと思いついたように尋ねる。

杏も同意する。たとえ本当に秘密の合図のためにマドラーを利用していたのだとしても、皐の来店のたびにダイヤを出していたとは思えない。たまには別のマークだって選んだだろう。

というより、いつも同じマークのマドラーを皐に出せば弥生に怪しまれると気づくはずだ。

いや、弥生は手のあいた時に店を手伝っていたという程度らしいから、そこまで真剣にバレる心配をせずともよかったのか？

「確かに毎回じゃなかったとは思うよ。田所一哉のほうは、彼女を誘いたい時だけダイヤのマドラーを用いたんだろ。その気がない時はダイヤ以外を出せばいい」

少しほっとした。この点に関してはヴィクトールも杏と同じ考えのようだ。

「なら三輪皐のほうは。彼女だって、とくに田所一哉と遊ぶ気がなくても、ふらっと来店する日くらいあるはずだ。表向きには一応、姉夫婦と仲がいい妹という設定なんだから」

「設定……」

杏は、腕ばかりじゃなく心にも鳥肌が立った気分になった。かなりえぐい表現に聞こえる。

引いている杏に、ヴィクトールが不思議そうな顔をしつつも話を続ける。

「遊ぶ気はない、しかし田所一哉から誘われてしまったという時は、それこそ今日みたいに『友人と約束がある』とでも言って断ればいい」

「……んっ⁉」

これもさらっと説明されたが、待ってほしい。彼女のあの言葉って、そういう意味⁉

「思い出してみろ。三輪皐はあの時、『MUKUDORI』の休日の話をしていたのに、なぜかよく通る声で自分の予定を口にした」

「いや、休みの話をしていたんだから、その流れで自分の予定を言うのはおかしくないだろ」

「私もそう思いますが……」

揃って言い返す杏と星川に、ヴィクトールは目を眇《すが》めてかすかに首を横に振る。

「おかしいに決まっている。俺たちは別に三輪皐を誘う話をしていたわけじゃないんだ。なのに『私は予定がある』なんて言い出したんだぞ」

……言われてみれば、そうかも。

「大体な、あの場にいたのが顔見知りの星川仁だけならともかく、彼らとなんの接点もない俺と杏がいるのに三輪皐はわざとらしいほど姉夫婦の話をしたじゃないか。家族のプライベートなんて赤の他人にそうそう晒《さら》さないよな？　もっと当たり障《さわ》りのない話題を選ぶだろ」

　杏は少しの驚きをもってヴィクトールを見つめる。彼は人の話を粗雑に扱わない。いつも真剣に耳を傾ける。なにげない言葉の裏に隠された感情まで読んで、疲れてしまうくらいに。

「話を戻すけれど。――他のマークを三輪皐に出す時ももちろんあっただろう。だが、そうはいっても二人が関係を持っていたのなら、他のよりは合図の意味を持つマークのマドラーを出す回数が多くなるはずだ。さっき俺は、三輪皐は遊ぶつもりがない日も来店する時だってあると言ったが、やっぱり多少なりともその気がなければ、店に足を向けるわけがない」

「あー…、まあ、そうだわなあ……」

　星川が複雑そうに唇の端を歪ませて同意する。

「相手の気を引くために、誘いを断る前提で会いに行くことも、逆に断られるとわかった上で誘うことも、恋愛の醍醐味《だいごみ》というやつだろ」

　ヴィクトールはなんでもない口調で言ったが、あまり共感はしたくない嫌な醍醐味だ。

　彼の言葉を頭の中で整理する内、杏は新たなもやもやが胸に広がるのを感じた。

　だが今回はさほど悩むことなく違和感の正体に思い至る。

（あれ？　いつから計画したのかは不明だけれど、弥生さんが毒性のダイヤのマドラーを他の安全なマドラーにまぜていて、でも一哉さんがそれに気づいていなかったってことは……、無関係のお客さんに危険なマドラーを偶然出してしまう可能性もあるんじゃない？）

足元から悪寒が這《は》い上《あ》がってきた。そうか、だからヴィクトールは杏がマドラーでケーキを食べようとした時、とっさにとめたのか。

杏のはハート形だったが、それでも万が一の危険を考えたに違いない。

はっきりとした恐怖を感じて杏は、身を強張らせた。

彼がいなかったら、どうなっていたか。奇行などと安易に決めつけた自分が恥ずかしい。あの衝撃的な「夫婦の期限云々《うんぬん》」の話だって、ある意味無関係ではなかったのだ。

ヴィクトールは杏を見下ろすと、夏の熱気を恨む表情をやめ、気遣うような目をした。

「なんにせよ、杏が指摘したようにハートの形は恋愛に結びつきやすい。怪しまれる確率が他のマークのデザインよりも上がる」

「つうか、『いかにも』だから、ハート以外に決めたって理屈はわかるが、なんでダイヤだ？　クラブやスペードじゃだめかよ」

沈黙する弥生を気にかけながらの星川の問いに、ヴィクトールは思案げに答えた。

「さっき俺は、いかにも、と乱暴に答えたが、より詳しく言うならマークの種類に関しては『ダイヤ』であったからこそ、三輪皐の一番のお気に入りだったのでは、と思う」

「どういうことだ？」

「皐だからだ」

ヴィクトールは、ぽんと簡潔に告げた。

皐が理由、とはどういう意味だろう。好きな宝石がダイヤモンドだからとか？

杏は内心、首を横に振る。いや、そんな話は店内でしなかった。初対面のヴィクトールだって彼女の好みは知らないはずだ。

彼は店内で起きたことのみで「ダイヤであったからこそ」という答えに辿り着いている。

「……わからん」

星川は早々と降参した。杏も考えてはみたが、わからない。

ヴィクトールは「なぜわからないのかが、わからない」という困惑し切った顔を見せた。

「妹が皐、姉が弥生。答えそのものじゃないか」

「……や、わからないって」

…………杏もやはりわからない。

「ヴィクトールの説明が悪い！　もっと思いやりをもって優しく言え！」

星川の主張に同意しかけたが、杏は、ふいに閃《ひらめ》いた。

「もしかして暦《こよみ》の月が名前と関係していますか？　皐……皐月は五月。弥生は確か、三月」

「合っている。彼女たちの名前は、そこから取られているんだろう」

と、ヴィクトールが嬉しそうに微笑んだ。正解だったらしい。杏もほっとし、微笑した。

「いやいや待て待て。そこは俺も気づいていたっつの。でも暦がなんだってんだよ！」

焦れた星川が大きな声を出す。

「星座だ」と、ヴィクトールが断言する。

「皐月は五月。となると、その月の星座は牡牛座《おうしざ》か双子座《ふたござ》のどちらかになる。弥生は三月。魚座か牡羊座《おひつじざ》のどちらかだ。三輪皐はダイヤがお気に入りと言ったよな。トランプのマークは四季も表しているという説があるんだよ。そしてダイヤは夏の星座、牡牛座、乙女座、山羊座《やぎざ》に当てはまる。牡牛座は四月から五月、乙女座は八月から九月、山羊座は十二月から一月だ」

「あっ！　五月！」

杏は思わず叫んだ。ヴィクトールが怜悧《れいり》さの滲《にじ》む視線をこちらに寄越し、頷く。

「うん、五月……皐月だ。牡牛座がダイヤに当てはまる。だから三輪皐は誕生月のマークであるダイヤがお気に入りと言ったのではないかと俺は考えた。一哉も、あえて彼女の誕生月を表すマークのマドラーを選ぶことで特別感を表現したんだろ。それと同時に恋愛に結びつきやすいハートを避けることで田所弥生にも気づかれにくくなると思ったんじゃないか」

杏はその話に軽く気圧され、押し黙った。……なんだかすごく――どろっとした嫌なものを感じてしまう。陰湿な計算高さというか。あの明るい皐と、優しそうな一哉が……。

（でもヴィクトールさん、本当によく二人が浮気関係にあると気づいたな……）

少なくとも店内では、皐は朗らかに振る舞っていたし、姉夫婦をしきりに持ち上げる発言だってしていたのだ。

彼は皐たちの反応を確かめるため故意にマドラーを落としたと言ったが、それ以前の問題ではないか。たとえ二人が目配せしていたからって、それだけで気づくものだろうか？

杏が再び『感覚的な引っかかり』を覚えた時だ。

しばらくの間無言だった弥生が顔を上げ、壊れたように早口で言葉を吐き出した。

「――ええ、そうよ。この人の言った通り、あの子たちは私を裏切って浮気していたの」

杏のほうを見ていたヴィクトールがその言葉を聞いて、いきなり弾《はじ》かれたように振り向き、弥生を凝視《ぎょうし》する。

弥生が、人が変わったようにぞくぞくする冷笑を見せたからか、ヴィクトールは傍目《はため》にもわかるほど顔を強張《こわば》らせて、杏の腕を強く摑んだ。杏はとっさにヴィクトールを庇うように立った。星川に微妙な目で見られたが、意識しての行動ではない。

「聞いてくださいよ。そもそもトランプのマークと四季の話はね、結婚前に一哉さんが私に教えてくれたことなの。私の誕生日にハートのネックレスをプレゼントしてくれた時のことよ。魚座はハートだから、君は僕の愛そのものだね、って。――それをあの人はすっかり忘れて、同じ話を皐にも聞かせたんでしょうね。そうじゃなきゃ、『今夜ホテルに行こう』だなんていう薄汚いサインにダイヤのマドラーを使わない。ねえ、あの人、皐月にはどんなふうに言ったのかな。誕生月がダイヤだから……『君は僕の宝石だ』とか？　やだ、笑っちゃうわ！」

笑みを浮かべているのにちっとも楽しそうではない彼女の話に、杏はかなり心を抉《えぐ》られた。

それは、きつい。よりにもよってという感じだ。だって弥生がトランプのマークをモチーフにした木製品を手がけたのは、きっと一哉の愛を意識してのことだからだ。

トランプシリーズには思い入れがある、と弥生は店内で言っていた。それを思うと、一哉と皐の行為は二重の裏切りにならないだろうか？　かわいいはずの妹に殺意さえ覚えるくらいの。

弥生は愛に毒をぶちまけて、彼女の心を痛めつけた二人に密かに復讐《ふくしゅう》しようとした。味わった怒りを、苦しみを抑え切れずにそうしたのだ。

「ねえ、あなた」と弥生が暗く重い眼差しで杏をひたりと見据える。

「さっき、わざわざ私に見つかる可能性のある店で、そんな危険な合図を送る必要もないように思う、って言ったわよね」

言ったけれども――。

軽率に放った自分の言葉がどこへ行き着くのかとおののく杏のほうに、弥生は身を乗り出すようにして畳み掛ける。

「いいえ、私がいるからこそよ」と、彼女は自信たっぷりに言い切った。

「このヴィクトールさんはあなたがショックを受けないよう気遣って、説明を避けていたけれど。あの子たちはこういう、面倒臭《くさ》くて危険もあるやりとり自体をむしろ楽しんでいる。あえて私が作った物を使って、あえて私が見ている前で、素知らぬ顔をして、堂々と秘密のサインを交わす。ね、これ以上のスリルってないでしょ？　私に見つかるスリルを楽しめないようなら、それこそあの子たちは、もっと安全な手段を使って浮気するでしょうよ」

杏は、真っ黒な石を喉に詰め込まれたような気持ちになった。とても残酷《ざんこく》な話に思えた。

「あの子たち、まだ私にはバレていないと過信している。だって、一哉さんは私にトランプのマークの話をしてくれたことを忘れているんだものね。店での会話にしたってそうよ。他人の目があるところで、わざと匂《にお》わせて楽しんでいたわ」

彼女は歌うような口調で続ける。

「二人で笑いながらホテルへ行って、笑いながら愛し合って、そして間抜けな私のことまで笑っているのかな。お姉ちゃんったら私たちの関係に全然気づいてない！　そうだね彼女は鈍感だから、って。——ねえ、そんな屈辱的《くつじょくてき》な光景を一度でも想像したら、心がぐちゃぐちゃになるでしょう？」

泣いているように見えたのは一瞬で、弥生はしっかり笑っていた。

「夫の一哉さんの不貞よりも皐のほうがより許せない。私たち姉妹は本当に仲がよかったから。私はそう信じていたから。夫とは離婚すれば他人に戻るけれど、あの子は家族なのよ。簡単に切り捨てられる関係じゃないもの。この先一生、顔を見るたび、声を聞くたびに、心が踏み潰《つぶ》されたことを思い出すんだわ。そんなの耐えられない……」

杏たちは、誰も答えることができなかった。

「ああそうだ、安心してくださいね」

と、ふいに弥生が乾いた声を出す。

「お客様には一度も『特製のダイヤ』のマドラーを出したことはないわ。皐ったらねえ、私も店にいる時じゃないと、あの人に誘われても絶対についていかないの」

杏は目を瞬《しばたた》かせた。だが先ほど皐は、弥生が店にいるのに『友人と約束がある』という言い方で一哉の誘いを断っている。……今日の彼らは、『恋愛の醍醐味』を楽しんでいたようだ。

「だから私は自分が店に出て、あの子もやってきた時だけ、マドラーのコーナーの中に『特製のダイヤ』をわかりやすく入れておくのよ。コーナーの一番上に置いておけば、一哉さんはなにも疑わずにそれを使うわ」

絶句する杏たちを前に、あはは、と弥生は底抜けに明るく笑った。

「だけど私、不思議だわ。皐を苦しめたくてたまらない、いつかその裏切りを詰《なじ》ってやりたい、そう本心から思うのに、あの子がとてもかわいかった頃も同時に脳裏に蘇《よみがえ》るんです。それがなんだか、ひどく胸を締め付けて……」

弥生が途方に暮れたような顔をして、細い声でそう囁《ささや》いた時だ。

「──あの！」という声とともに、店から皐が出てきた。

彼女は車のそばで固まっている杏たちに近づくと、困ったように微笑んだ。

「高田さん、バッグ忘れていますよ」

「──えっ、あ！　すみません……！」

差し出された自分のバッグを見て、杏は慌てた。これを届けに来てくれたのか。かろうじて「ありがとうございます」とは口にしたが、それ以上は言葉が出てこない。皐の顔を正視することもできず、杏は視線を足元へ逃がした。皐のすらりと伸びた足が視界の端に見えた。

「あの……私とマスター、なにか失礼なことをしましたか？」

皐は戸惑ったようにちらりとヴィクトールを見た。

「あー、いや……、ちょっと用事を思い出したんだ。悪かったな、慌ただしく店を出ちゃって」

と、しどろもどろに答えたのは星川だ。だが彼は急に「んっ!?」と妙な呻《うめ》き声《ごえ》を上げた。

「あれっ、弥生さんどこ行った!?」

杏も、はたと思い至り、きょろきょろする。

――皐の登場に気を取られた一瞬の間に、弥生の姿が消えていたのだ。

「え？　お姉ちゃんですか？　ここに来ていたんですか？」

と、皐が妙な発言をした。だが杏たちも、変な気分になる。

ここに来ていたもなにも、さっきまで杏の横に、店に、彼女はいたじゃないか――。

「おかしいですね。姉は最近、体調不良で休むことが多くて――今日だって、午前は店に出たようですけど、私と入れ違いになる形で昼前には家に戻ったはずですが……」

杏と星川は硬直した。ヴィクトールはそっと一歩、皐から距離を取っている。

「またお店に戻ってきたのかな……。あ、皆さん、姉と話をしたんですよね？」

「あっ、うん、や、まあ、そう……なのかな？」

皐の無邪気な問いかけに、星川が視線を忙《せわ》しなくうろうろさせて答える。

「姉妹揃って同時期に具合を悪くするなんて、本当にそんなところまで仲がよくなくてもいいのに。性格は正反対ですが、私たち、意外と似た者姉妹なのかなあ」

「――」

皐が照れたように微笑む。裏などなにもなさそうな、明るく、爽《さわ》やかな表情だ。

杏はその時、自分がどんな表情を浮かべていたか、覚えていない。


適当な言い訳をして皐と別れ、近場の他の喫茶店に入ったのちのことだ。

杏たちは迷わずホット珈琲を注文した。

舌が焼けるほど熱い珈琲を飲んで身も心もあたためてから、杏は怖々と口を開く。

「あの。もしかして私たちがあそこの駐車場で会話した相手は……、弥生さんの生霊《いきりょう》」

「やめろ」

「言うな」

ヴィクトールと星川は、余裕皆無の低い声でとめた。どちらも顔色がすこぶる悪い。

「……私たちがカフェにお邪魔していた間、弥生さんもずっといましたよね？　それなのに」

「……さっきの皐ちゃんの口ぶりって、弥生さんは不在だったと言ったも同然だよな」

星川が死人のように濁った目で言う。まるで普段のヴィクトールみたいだ。

こうなると、皐が一哉の誘いの合図に『友人と約束がある』と返答したのも意味合いが多少変わってくるのではないか。恋愛の醍醐味を味わうためではなく、単純に弥生が不在だったためでは。弥生の話によると、自分が店にいない時は、皐は一哉の誘いに乗らないらしいから。

(って皐さん、弥生さんが不在でもわざわざ意味深に私たちの前で断ったあたり、しっかりと恋愛のスリルを楽しんでいるんじゃないか!)

杏はテーブルに突っ伏したくなった。恋って、怖い。人をこんなにも冷酷《れいこく》にする。

「よく考えたら皐ちゃん、店内で弥生さんの話題を口にはしていたものの、彼女本人に声をかけることは一度もなかったよな」

「……それを言うなら、一哉さんもですね。ケーキセットも一哉さん一人が用意したし」

杏は星川にそう答えたあとで、珈琲を飲んでも真っ青なままのヴィクトールに気づく。

「……いなかっただろ」

「はい?」

ひび割れた声でぽつりと言うヴィクトールに、杏は首を傾げた。死ぬほど嫌な予感がする。

「だから、田所弥生は、三輪皐の言う通り、最初は店にいなかっただろ。俺たちがあの店に入った時、中にいたのは三輪皐と田所一哉だけだ」

ヴィクトールの衝撃の告白に、杏たちは珈琲カップを持った状態で動きをとめた。

「彼らがカウンターを挟んで親しげに見つめ合っていたから、俺は、恋人同士かよほど親しい関係なのかと思ったんだ。だがその後に三輪皐は、一哉のことを自分の姉の夫だと紹介した。それで、おかしいと疑問を抱いた。いくら姉の夫とはいえ、その本人がいないのにああも熱く見つめ合うかって」

「──つまり、ヴィクトールさんは店内で弥生さんの姿が見えていなかったから、二人の関係を疑った、ということですか」

「そうだよ」

杏は強く瞼を瞑《つぶ》った。そういう理由なら、二人の浮気を疑うのも不自然な話ではない。

「………でも俺たちが店を出たあと、いきなり不気味な女──田所弥生が出現しただろ」

「ああ……」

思い返せば、弥生が二人の浮気を認める発言をした瞬間、ヴィクトールはやけに表情を強張らせていたっけ。あの瞬間、それまでずっと彼女が見えていなかった彼の目にも、しっかりその姿が映ったわけか。

(道理でヴィクトールさん、店内では弥生さんを徹底的《てっていてき》に無視していたはずだ)

彼女がそこには『いない人』だったから、声をかけられても返答しなかったのだ。

「生霊……」と、杏は身を震わせながらぼそっと告げた。

「やめろ」

「言うんじゃない」

また二人にすばやくとめられる。杏は無言でバッグの中から塩入りの小袋を取り出し、ひとつずつ彼らに渡した。彼らも無言で受け取った。

額を押さえた星川が深く息を吐く。

「一応言っておくが、俺は本気で皐ちゃんに気があったわけじゃないぞ。だが最近な、皐ちゃんが妙に寝付きが悪くて体調が崩れるとぼやいてたんだ。それでさ、ヴィクトールの観察眼ならぬ変人眼で体調不良の原因がわかったりしないかと、少し期待したわけで……。あー、これ夢だったりしないかな。警察に連絡すべきか？　それとも弥生さんに会うべきか？」

「田所弥生を殺人者にしたくないならとめればいい。その後、警察沙汰《ざた》にするかどうかは彼らの問題だ。和解するのは極めて難しいだろうが、おまえはおせっかいで口の軽い男だろ。その軽さを彼らにも発揮《はっき》して忠告くらいすれば——、おい星川仁、変人眼ってなんだ」

ヴィクトールは話の途中で我に返ったらしく、むっとした。

「くっそ、評価されてんだか、けなされてんだか、わからねえな！」

星川も、怒るべきか喜ぶべきか迷った末に表現しがたい表情を浮かべている。

「うるさい。それより変人眼ってどういう意味だ。……もうおまえ、いつも俺たちを不吉な騒動に巻き込んでくれるよな。うちの店には今後入らせない。杏にも近づかせないから」

ヴィクトールは不機嫌な表情で言い放ったが、実際に星川を突き放すことはないだろう。彼は案外押しに弱い人だし、星川もそのあたりはよくわかっているようだ。

仲良しだなあ、という杏の考えがどうやらバレたらしい。

ヴィクトールはこちらにも冷たい目を向けてくる。

「俺は君にも言いたいことがある。よその店の棚や食器に、いちいち浮ついた顔をするなよ」

「はい⁉」

杏は驚愕した。突然、八つ当たり⁉

「俺のほうがカップもソーサーも棚もうまく作れる。マドラーも。絶対にだ」

きっぱり言い切ったヴィクトールを見る星川の目が、再び濁る。

「な、なにを言っているんですか！　っていうか、今そういう話はしていません！」

杏が慌てて言い返すと、ヴィクトールは苛立ちを隠さずにぼそぼそと非難してきた。

「ごまかすな。少しよさそうな木製品があるとすぐ目移りする……」

「してません‼　私はうちの店の物が一番だと思ってます！」

「浮気の常套句《じょうとうく》じゃないか。おまえが一番だよ、とかさあ。これだもんな、人類。嫌いだ」

「誤解です、私を浮気者みたいに言うのはやめてください！」

「他の人間が作った物に嬉しそうな顔をしちゃって。俺はこの日を忘れないからな」

「待ってください、私はただちょっとあの三角形の棚とか、かわいいデザインだなと思っただけですよ！　……ヴィクトールさん、うちの店でもオリジナルの木棚、置きません？」

「俺は椅子一筋です」

彼から突き刺すような目で見られてしまった。そうだった、椅子が恋人だったか。

「大型家具の製作はそう簡単にできないよ。……だが雑貨として、テーブルに乗りそうなミニサイズのものとかなら、まあ」

「本当ですか！　かわいいデザインがいいです、うちもモチーフを決めてシリーズに！」

ぐっと拳《こぶし》を握る杏を見て、ようやくヴィクトールが表情をやわらげ、微笑む。

「……そこの変人ども、本当なに言ってんの？　杏ちゃん、まじでヴィクトール化してんぞ」

星川はそう突っ込んだあとで「大体、木棚ならうちの店が一番ですが」と一言さりげなく添えてきた。するとヴィクトールが対抗心を燃やした目を星川に向ける。

二人とも、弥生の生霊に接触してあんなに青ざめていたのに、木棚や椅子の話になると恐怖を忘れて夢中で話し始める。心底、木製品を愛しているのだ。

（私、椅子も木棚も、この人たちも好きだなあ。……霊の類《たぐ》いは、ご遠慮《えんりょ》願いたいけれども）

杏は小さく笑ってから、ふと珈琲に砂糖とミルクを入れようかとマドラーを持ち上げ――

そっとソーサーに戻した。しばらくの間は砂糖もミルクも、珈琲にはいらない。

あとがき

糸森 環

こんにちは、糸森《いともり》環《たまき》です。

本書をお手に取ってくださり、ありがとうございます。

このお話は、椅子職人シリーズ『欺《あざむ》けるダンテスカの恋』の続篇となります。続刊を出させていただけてとても嬉しく思います。

主要登場人物は既刊と同じで、椅子愛を拗《こじ》らせた変人と女子高生のコンビのオカルト事件簿となっております。椅子に絡めつつ色々な恋を書いていこう！　という内容です。

本格オカルトではありませんので、そんなに怖い場面はないかと思います。現代ベースの世界観ですが、作中に登場するものにつきましては創作を加えている場合もありますのでご注意ください。


今回、作中に登場するのは鉄道の椅子です。ちなみに糸森は鉄道が大好きです。鉄道はよいものですね。あのフォルムがたまらないです。このお話を書く前に廃駅の電車の写真を嬉々としながら撮影《さつえい》したのですが、その後、スマホが壊れて画像が消えました……なんということだ。

現在、小説ウィングス様でシリーズの続篇を書かせていただいております。よろしければお付き合いください。


謝辞です。

担当者様には大変お世話になっております。原稿の仕上がりが遅れてご迷惑をおかけしてしまいました、いつも丁寧にチェックくださり本当に感謝しております！　楽しく書かせていただきました。

冬臣《ふゆおみ》様、この巻も素敵なイラストをいただけまして感激です。色合いも美しく、うっとりと拝見しています！

編集部の皆様やデザイナーさん、校正さん、書店さん。お力添えくださった方々に厚くお礼申し上げます。それから家族や知人等にも感謝です。


この本を読んでくださる方々に楽しんでいただけますように。

それではまたどこかでお会いできる日を祈りつつ。

参考・引用文献
「新編　銀河鉄道の夜」宮沢賢治　新潮文庫

W I N G S・N O V E L

【初出一覧】
カンパネルラの恋路の果てに：小説Wings '19年冬号(No.102)、'19年春号(No.103)
彼と彼女のおいしい時間：書き下ろし

この本を読んでのご意見、ご感想などをお寄せください。
糸森 環先生・冬臣先生へのはげましのおたよりもお待ちしております。
〒113-0024　東京都文京区西片2-19-18　新書館
[ご意見・ご感想] 小説Wings編集部「椅子職人ヴィクトール＆杏の怪奇録② カンパネルラの恋路の果てに」係
[はげましのおたより] 小説Wings編集部気付○○先生

椅子職人ヴィクトール＆杏の怪奇録②
カンパネルラの恋路の果てに

著者：糸森 環 ©Tamaki ITOMORI
初版発行：2020年2月25日発行

発行所：株式会社 新書館
[編集] 〒113-0024　東京都文京区西片2-19-18　電話 03-3811-2631
[営業] 〒174-0043　東京都板橋区坂下1-22-14　電話 03-5970-3840
[URL] https://www.shinshokan.co.jp/

印刷・製本：加藤文明社

ISBN978-4-403-54217-6 Printed in Japan

S H I N S H O K A N